CONY

Nova
Fronteira
Acervo

9ª edição

CONY

carlos heitor

O ato e o fato

O som e a fúria do que se viu no Golpe de 1964

Editora Nova Fronteira Participações S.A.
Rua Nova Jerusalém, 345 – Bonsucesso – 21042-235
Rio de Janeiro – RJ – Brasil
Tel.: (21) 3882-8200 – Fax: (21) 3882-8312/8313

Textos de capa
Fragmentos do texto "A farsa de abril ou O mito da honradez cívica", prefácio de Ênio Silveira, publicado na 1ª edição de *O ato e o fato*, 1964, pela Editora Civilização Brasileira.

Fragmento do texto de orelha de Nelson Werneck Sodré, publicado na 1ª edição de *Posto seis*, 1965, pela Editora Civilização Brasileira.

Caricatura: Acervo do autor.

Todos os esforços foram feitos para creditar devidamente os detentores dos direitos de imagens inclusas no livro. Eventuais omissões de crédito e copyright não são intencionais e serão devidamente solucionadas nas próximas edições, bastando que seus proprietários contatem os editores.

CIP-Brasil. Catalogação na publicação
Sindicato Nacional dos Editores de Livros, RJ

C768a Cony, Carlos Heitor.
9. ed. O ato e o fato: o som e a fúria do que se viu no Golpe de 1964 / Carlos Heitor Cony – 9. ed. – Rio de Janeiro: Nova Fronteira, 2014.
224 p.

ISBN: 978.85.209. 3763-1

1. História – Ditadura Militar – Brasil. I. Correio da Manhã. II. Título.

CDD 980
CDU 930.2 (81)

Cony, apolítico, ficou furioso quando seus amigos foram presos, e começou uma campanha sozinho, no *Correio da Manhã*, contra o arbítrio da ditadura. Foi ameaçado de espancamento, morte, e processado pelo ministro do Exército, Costa e Silva.

Toda nossa geração passou pelas angústias do protagonista de *Pessach: a travessia*. Cony é um artista, um colega, um amigo, e conhecê-lo enriquece a minha vida.

Paulo Francis

~

É contra isso que se revolta Carlos Heitor Cony, e por isso mesmo esse cético, que esconde atrás da máscara de um cinismo feroz seu sentimentalismo inato, surpreendeu-nos novamente, pelas suas atitudes na vida pública. A mesma virilidade que o fez contemplar o espetáculo feio da vida, sem cair em desespero definitivo, inspirou-lhe no momento de servilismo generalizado sua atitude justa: sem dar razão aos vencidos, defende-os contra iniquidades que ninguém merece; e castiga os vencedores.

Otto Maria Carpeaux

A Otto Maria *Carpeaux*
memória, lição e saudade

O poeta Thiago de Mello empunhando faixa "Abaixo a Ditadura", em manifestação na frente do hotel Glória, Rio de Janeiro, novembro de 1965 — "Os 8 do Glória".

DITADURA

Sumário

Apêndice

Memórias

A ÚLTIMA IRONIA*

Luis Fernando Verissimo

Tenho boas lembranças daquele abril. Estávamos recém-casados, voltando da lua de mel e começando a vida num pequeno apartamento da rua Figueiredo Magalhães, perto do Túnel Velho, com janelas para a Siqueira Campos, onde naquele tempo ainda passavam bondes. Éramos felizes, mas casar não tinha sido uma decisão muito sensata. Eu tentava tocar um negócio sozinho, sem muita esperança de que desse certo, e dependia da ajuda de casa para pagar o aluguel do apartamento. Ah, e ainda por cima havia o país daquele jeito...

O país daquele jeito. Nossa maior preocupação, naquele abril, era com a minha tia Lucinda, que trabalhava numa repartição do governo estadual, nunca escondera suas opiniões políticas e estava ameaçada de perseguição pela direita triunfante. Tínhamos um plano de emergência para o caso de ter que escondê-la no nosso apartamento ou contrabandeá-la para Porto Alegre. E a operação Resgate da tia Lucinda — que, felizmente, nunca precisou ser posta em prática — foi o meu único, no caso hipotético, ato de reação ao Golpe de 64, além de alguns palavrões dirigidos à TV durante o noticiário.

* Texto de apresentação à 8ª edição de *O ato e o fato*, publicada em 2004 pela Editora Objetiva.

Fora o ato de ir até a banca comprar o *Correio da Manhã* nos dias em que saía o Cony.

Eu costumava ler o Cony regularmente no *Correio*. Me agradavam seu modo de escrever e seu humor, mas nunca prestara maior atenção nele ou lera um dos seus livros. E de repente, depois do 1º de abril, ali estava aquele cara dizendo tudo que a gente pensava sobre o golpe, sobre a prepotência militar e a pusilanimidade civil, com uma coragem tranquila e uma aguda racionalidade que tornava o óbvio demolidor — e sem perder o estilo e a graça. Em pouco tempo aquele ato, ler o Cony, se tornou um exercício vital de oxigenação para muita gente, e a sua coluna uma espécie de cidadela intelectual em que também resistíamos — mesmo que a resistência consistisse apenas em dizer "É isso mesmo!", ou "Dá-lhe, Cony!", a cada duas frases lidas. "Leu o Cony hoje?" passou a ser a senha de uma conspiração tácita de inconformados passivos, cujo lema silencioso seria "Pelo menos eles não estão conseguindo engambelar todo o mundo".

Cony não foi o único a se manifestar, quando a manifestação ainda era permitida. Mas, como não era um homem de esquerda nem mostrara muita simpatia pelo governo deposto, podia esquecer ideologias derrotadas e reformas interrompidas e se concentrar na ignomínia básica, a de um poder armado se instalando violentamente em nossas vidas para nos salvar dos seus próprios demônios. E como não era um polemista retórico ou um ensaísta gongórico, mas um jornalista e romancista, fez os textos políticos mais importantes do momento com todas as artes do bom cronista, em especial a ironia, que atingia o alvo com a força do que qualquer poder usurpador mais teme: a do ridículo. A única maneira de a prepotência reagir à ridicularização é ser ainda mais ridícula ou ainda mais prepotente. Não havia censura oficial à imprensa, naquele abril, mas a reação às ironias do Cony não tardou, com ameaças de represálias violentas e de "ações punitivas" contra ele e o jornal, de militares golpistas e seus admiradores. Todas respondidas tranquilamente com a palavra, enquanto a palavra foi possível. Depois viria a censura, e o silêncio.

Estes textos reeditados do Cony são evocativos não só da coragem de um homem, mas do clima moral de uma época, em que muitos se deixaram engambelar por oportunismo, mas a omissão e a adesão também tinham seus argumentos, e seus escritores. Cony não escolheu ser herói. Apenas não teve medo de ser contra o poder usurpador apesar de todos os riscos e, sem querer, construiu a breve barricada na qual nos reunimos para resistir com ele. Uma frágil e inútil barricada de poucas semanas e poucas palavras, em contraste com os vinte anos de discursos triunfalistas e ordens do dia transcendentais que viriam. Mas quarenta anos depois voltamos ao local das batalhas e o único monumento àquele abril que resta de pé, empolgante e inspirador como nos dias em que foi construído, é a breve barricada do Cony. A última ironia.

Hoje, um golpe como o de 64 parece tão improvável quanto a volta dos bondes à Siqueira Campos. Nossa democracia formal está consolidada e nossos militares estão quietos. Mas não falta uma direita denunciando os mesmos demônios de antigamente e uma esquerda reclamando, de certo modo, as mesmas reformas. O último elogio que se quer fazer aos textos do Cony é que eles continuam atualíssimos.

(2004)

Da salvação da pátria

Posto em sossego por uma cirurgia e suas complicações, eis que o sossego subitamente se transforma em desassossego: minha filha surge esbaforida dizendo que há revolução na rua.

Apesar da ordem médica, decido interromper o sossego e assuntar: ali no Posto Seis, segundo me afirmam, há briga e morte. Confiando estupidamente no patriotismo e nos sadios princípios que norteiam as nossas gloriosas Forças Armadas, lá vou eu, trôpego e atordoado, ver o povo e a História que ali, em minhas barbas, está sendo feita.

E vejo. Vejo um heroico general, à paisana, comandar alguns rapazes naquilo que mais tarde o repórter da TV-Rio chamou de "gloriosa barricada". Os rapazes arrancam bancos e árvores. Impedem o cruzamento da avenida Atlântica com a rua Joaquim Nabuco. Mas o general destina-se à missão mais importante e gloriosa: apanha dois paralelepípedos e concentra-se na brava façanha de colocar um em cima do outro.

Estou impossibilitado de ajudar os gloriosos herdeiros de Caxias, mas vendo o general em tarefa aparentemente tão insignificante, chego-me a ele e, antes de oferecer meus préstimos patrióticos, pergunto para que servem aqueles paralelepípedos tão sabiamente colocados um sobre o outro.

— General, para que é isto?

O intrépido soldado não se dignou a olhar-me. Rosna, modestamente:

— Isso é para impedir os tanques do I Exército!

Apesar de oficial da reserva — ou talvez por isso mesmo —, sempre nutri profunda e inarredável ignorância em assuntos militares. Acreditava, até então, que dificilmente se deteria todo um Exército com dois paralelepípedos ali na esquina da rua onde moro. Não digo nem pergunto mais nada. Retiro-me à minha estúpida ignorância.

Qual não é meu pasmo quando, dali a pouco, em companhia do bardo Carlos Drummond de Andrade, que descera à rua para saber o que se passava, ouço pelo rádio que os dois paralelepípedos do general foram eficazes: o I Exército, em sabendo que havia tão sólida resistência, desistiu do vexame — aderiu aos que se chamavam de rebeldes.

Nessa altura, há confusão na avenida Nossa Senhora de Copacabana, pois ninguém sabe ao certo o que significa "aderir aos rebeldes". A confusão é rápida. Não há rebeldes e todos, rebeldes ou não, aderem, que a natural tendência da humana espécie é aderir.

Os rapazes de Copacabana, belos espécimes de nossa sadia juventude, bem-nutridos, bem-fumados, bem-motorizados, erguem o general em triunfo. Vejo o bravo cabo de guerra passar em glória sobre minha cabeça.

Olho o chão. Por acaso ou não, os dois paralelepípedos lá estão, intactos, invencidos, um em cima do outro. Vou lá perto, com a ponta do sapato tento derrubá-los. É coisa relativamente fácil.

Das janelas, cai papel picado. Senhoras pias exibem seus pios e alvacentos lençóis, em sinal de vitória. Um Cadillac conversível para perto do "Six"* e surge uma bandeira nacional. Cantam o hino também nacional e declaram todos que a pátria está salva.

* Uma pequena lanchonete no Posto Seis, onde depois se instalou um banco.

Minha filha, ao meu lado, exige uma explicação para aquilo tudo.

— É carnaval, papai?

— Não.

— É campeonato do mundo?

— Também não.

Ela fica sem saber o que é. E eu também fico. Recolho-me ao sossego e sinto na boca um gosto azedo de covardia.

(2-4-*1964*)

O manifesto dos intelectuais

Nos dias que se seguiram à quartelada de 1º de abril, dois vespertinos do Rio de Janeiro publicaram como matéria paga, sob a responsabilidade de "um grupo de democratas", o manifesto de fundação do Comando dos Trabalhadores Intelectuais. Alguns jornais recusaram-se a isso, mas os dois vespertinos, mais diretamente comprometidos e beneficiados pela quartelada, não tiveram o escrúpulo de impedir um pequeno introito redigido por "um grupo de democratas". Neste introito, os intelectuais signatários eram acusados de contribuição ao governo comunista do sr. João Goulart.

Para refrescar a memória, transcrevo o manifesto do CTI, com a indispensável lista de signatários. Alguns destes, em face da publicação, escreveram aos jornais afirmando que, "iludidos em sua boa-fé", não sabiam do que se tratava. E trataram de retirar seus nomes da lista. Até o momento em que redigíamos estas notas, os nomes que se cassaram voluntariamente do CTI foram os seguintes: Campos de Carvalho, Moacir C. Lopes, José Roberto Teixeira Leite e Rodolfo Mayer. Por conseguinte, o leitor, ao ler esses nomes na lista a seguir, faça de conta que não está lendo.

COMANDO DOS TRABALHADORES INTELECTUAIS

Compreendendo a necessidade de maior coordenação entre os vários campos em que se desenvolve a luta pela emancipação cultural do país — essencialmente ligada às lutas políticas que marcam o processo brasileiro de emancipação econômica —, trabalhadores intelectuais, pertencentes aos vários setores da cultura brasileira, resolveram fundar um movimento denominado Comando dos Trabalhadores Intelectuais (CTI).

O CTI tem por finalidades:

a) congregar trabalhadores intelectuais, na sua mais ampla e autêntica conceituação;
b) apoiar as reivindicações específicas de cada setor da cultura brasileira, fortalecendo-as dentro de uma ação geral, efetiva e solidária;
c) participar da formação de uma frente única, democrática e nacionalista, com as demais forças populares, arregimentadas na marcha por uma estruturação melhor da sociedade brasileira.

Com este propósito de união são convocados todos os trabalhadores intelectuais que, estando de acordo com as finalidades do CTI, desejam nele atuar acima de personalismos ou de secundários motivos de dissensão.

Esta convocação nasceu do exercício da delegação de poderes que uma numerosa assembleia de intelectuais, reunida a 5 do corrente mês, deu a um grupo de 13 dos seus componentes, para que a representassem, durante a última crise política, junto às demais forças populares agrupadas contra as tentativas de golpe da direita e em defesa das liberdades democráticas. Como seu texto de base, foi elaborado o seguinte documento:

Considerando que a situação política do país impõe a necessidade cada vez maior da coordenação e da unidade entre as várias correntes progressistas;

Considerando que os intelectuais não podem deixar de constituir um ativo setor de luta dessas correntes progressistas;

Considerando a inexistência de um órgão mediante o qual possam os intelectuais emitir os seus pronunciamentos e afirmar a sua presença conjuntamente com os demais órgãos representativos das forças populares;

Considerando que os acontecimentos recentes demonstraram a urgência da criação desse órgão capaz de representar de forma ampla o pensamento dos que exercem atividades intelectuais no país, os abaixo assinados, por este documento, declaram fundado o CTI e solicitam a adesão dos intelectuais, convocando-os para a Primeira Assembleia Geral, a ser realizada no decorrer do mês de novembro, com o objetivo de eleger os seus organismos de direção.

Rio de Janeiro, 7 de outubro de 1963.

Alex Viany — Álvaro Lins — Álvaro Vieira Pinto — Barbosa Lima Sobrinho — Dias Gomes — Édison Carneiro — Ênio Silveira — Jorge Amado — M. Cavalcanti Proença — Moacyr Felix — Nelson Werneck Sodré — Oscar Niemeyer — Osny Duarte Pereira.

A este documento de fundação — ainda aberto para recebimento de adesões, em listas que podem ser encontradas, até o dia 31 de outubro, nas livrarias São José, Ler e Civilização Brasileira — já apuseram as suas assinaturas, passando assim a ser membros fundadores do CTI, os seguintes intelectuais:

DIREITO: Max da Costa Santos (Dep. Federal) — Paulo Alberto M. de Barros (Dep. Estadual) — Sinval Palmeira (Dep. Estadual) — Modesto Justino de Oliveira — Hélio Saboya — Pedrílvio Ferreira Guimarães — Cláudio Pestana Magalhães.

ARQUITETURA: Flávio Marinho Rêgo — Júlio Graber — Bernardo Goldwasser — Edson Cláudio — Artur Lycio Pontual — David Weissman — Carlos Ebert — Hircio Miranda — José de Albuquerque Milanez — Bernardo Tuny Wettreich — Paulo Cazé.

MEDICINA: Mauro Lins e Silva (da direção da Associação Médica) — José Paulo Drummond — Álvaro Dória — Valério Konder — Mauro de Lossio Leiblitz.

LITERATURA: Aníbal Machado — Álvaro Moreyra — Adalgisa Nery — Geir Campos — Astrojildo Pereira — Paulo Mendes Campos — Eneida — José Condé — Joaquim Cardozo — Nestor de Holanda — Dalcídio Jurandir — Mário da Silva Brito — Miécio Tati — Ferreira Gullar — Reynaldo Jardim — Reynard Perez — Felix Athayde — Oswaldino Marques — Homero Homem — James Amado — Otávio Brandão — Esdras do Nascimento — Luiz Paiva de Castro — Cláudio Mello e Souza — A. Pizarro Pereira Jacobina — João Felício dos Santos — Beatriz Bandeira — Ary de Andrade — Edna Savaget — Carlos Heitor Cony — Moacir C. Lopes — Campos de Carvalho — Sylvan Paezzo — Jurema Finamour — Guido Wilmar Sassi — Júlio José de Oliveira — Roberto Pontual.

CIÊNCIA: José Leite Lopes — Jaques Danon.

MÚSICA: Carlos Lyra — José Luiz Calazans (Jararaca).

TEATRO: Francisco de Assis — Oduvaldo Vianna — Eurico Silva — Oduvaldo Vianna Filho — Gianfrancesco Guarnieri — José Renato — Flávio Rangel — Modesto de Souza — Tereza Rachel — Miriam Pérsia — Yara Sales — Luiz Linhares — Mário Brasini — Rodolfo Arena — Rafael de Carvalho — Ferreira

Maia — Flávio Migliácio — Joel Barcelos — Rodolfo Mayer — Antônio Sampaio — J. Sebastião Amaro (Scandall) — Jackson de Souza — Ary Toledo — Agildo Ribeiro — Costa Filho — Celso Cardoso Coelho — Maria Gledis — Maria Ribeiro — Wanda Lacerda — Vera Gertel.

ARTES PLÁSTICAS: Di Cavalcanti — Iberê Camargo — José Roberto Teixeira Leite (Diretor do Museu Nacional) — Djanira — Darel Valença — Poty Lazzarotto — Carlos Scliar — Kumbuka — Edith Behring — Lygia Pape — Sílvia Leon Chalreo — Claudius.

EDUCAÇÃO: Heron de Alencar — Carlos Cavalcanti — José Carlos Lisboa — Emir Ahmed (da Confederação Nacional dos Professores) — Pedro Gouveia Filho — Sarah Castro Barbosa de Andrade — José de Almeida Barreto (da Confederação Nacional dos Professores) — Ony Braga de Carvalho — Robespierre Martins Teixeira — Iron Abend — Cursino Raposo — Miriam Glazman — Edwaldo Cafezeiro — Maria Lia Faria de Paiva — Dulcina Bandeira — Lauryston Gomes Pereira Guerra — Antônio Luiz Araújo — Pedro de Alcântara Figueira — Marly Casas — Alberto Latorre de Faria — Rosemonde de Castro Pinto.

EDITORES: Jorge Zahar — Carlos Ribeiro — Irineu Garcia — José Dias da Silva.

CINEMA: Joaquim Pedro de Andrade — Miguel Borges — Paulo César Saraceni — Nelson Pereira dos Santos — João Ramiro Melo — Sérgio Sanz — Fernando Amaral — Leon Hirszman — Glauber Rocha — Marcos Farias — Saul Lechtamaches — Carlos Diegues — Roberto Pires — Paulo Gil Soares — Eliseu Visconti — Walter Lima Júnior — Arnaldo Jabor — Mário Carneiro — Waldemar Lima — Ruy Santos — Luís Carlos Saldanha — David Neves — Fernando Duarte — Ítalo Jacques — Alinor Azevedo — Célio Gonçalves — Braga Neto.

RÁDIO E TELEVISÃO: Chico Anísio — Moacyr Masson — Teixeira Filho (Secretário da Federação Nacional dos Radialistas) — Giuseppe Ghiaroni — Oranice Franco — Amaral Gurgel — Janete Clair — Hemílcio Froes (Diretor da Federação Nacional dos Radialistas e do Sindicato de Radialistas da Guanabara) — Nara Leão — Jorge Goulart — Nora Ney — Ênio Santos — Ísis de Oliveira — Newton da Matta — Gracindo Júnior — Neuza Tavares — Mário Monjardim — Maria Alice Barreto — Célia de Castro — Ilka Maria — Gerdal dos Santos — Rodney Gomes — Jonas Garret — Domício Costa — Walter Alves — Geraldo Luz.

JORNALISMO: Paulo Francis — Plínio de Abreu Ramos — Tati de Moraes — Luiz Luna — Heráclio Sales — José Guilherme Mendes — Cláudio Bueno Rocha — Luiz Quirino — Renato Guimarães — Darwin Brandão — Otávio Malta — Barboza Mello — Muniz Bandeira — Osmar Flores — Flávio Pamplona — Wilson Machado.

ECONOMIA: Cid Silveira — Domar Campos — Oswaldo Gusmão — Cibilis da Rocha Viana — Paulo Schilling — Wanderley Guilherme — Aristóteles Moura — Alberto Passos Guimarães — Theotônio Júnior — Helga Hoffmann — Jorge Carlos Leite Ribeiro.

O sangue e a palhaçada

Escondidos no pseudônimo coletivo, alguns valentes e cristãos personagens fizeram publicar em jornais desta praça, sob a responsabilidade e glória de "um grupo de democratas", o manifesto de fundação do Comando dos Trabalhadores Intelectuais (CTI), chamando a atenção do "Alto Comando Militar" para a lista de signatários que trabalharam "ativamente para a implantação do governo comunista do sr. João Goulart".

Em sua parte essencial, o manifesto define as finalidades do CTI: "a) congregar trabalhadores intelectuais na sua mais ampla e autêntica conceituação; b) apoiar as reivindicações específicas de cada setor da cultura brasileira, fortalecendo-as dentro de uma ação geral, efetiva e solidária; c) participar da formação de uma frente única, democrática e nacionalista, com as demais forças populares, arregimentadas na marcha por uma estruturação melhor da sociedade brasileira."

Meu nome — e tenho muita honra nisso — figura e figurará em qualquer manifesto que, em essência, seja idêntico ou análogo ao que aí está. Tenho o direito de me congregar em sociedade. Tenho o direito e o dever de participar da luta por uma estrutura melhor da sociedade brasileira, pois não considero isso que aí está "melhor".

O manifesto é longo, e nem todos os seus considerandos mereceram minha aprovação pessoal. Tampouco gostei do cediço e gasto "nacionalismo" que presidiu a um dos pontos essenciais do programa. Mas o sentido básico do movimento, a luta por uma coisa melhor, esta ficou bem explícita no manifesto e não vejo razões para alterar minha opinião. Pelo contrário. Tenho, mais do que nunca agora, a certeza de que a sociedade brasileira precisa realmente de novas e melhores estruturas. Essa que aí está não presta mesmo.

É isso que, em termos de ficção, tenho procurado condenar em meus romances: a hipocrisia política, a hipocrisia sexual, a hipocrisia social, a hipocrisia religiosa. Não acredito que nem o alto nem o baixo Comando Militar compreendam a minha literatura. Não escrevo para ser lido por generais e acredito sinceramente que eles, além de não me compreenderem, não gostariam de minha literatura.

Mas não sou apenas escritor. Trabalho em jornal, em função das mais humildes, por sinal. Gasto minhas noites às voltas com os títulos, as legendas, as fotos, a diagramação, a oficina, cortando ali, metendo um sinônimo aqui, invertendo uma frase no chumbo para dar na medida da página, funções inglórias e que em nada contribuíram para a implantação do governo do sr. João Goulart.

Quanto às minhas crônicas, os que me leem por tédio ou inadvertência devem ser lembrados do que sempre pensei do sr. João Goulart e de seu governo. Em crônica publicada no ano passado, às vésperas do plebiscito, crônica mais tarde incluída em livro editado pela Civilização Brasileira, deixei bem claro o meu pensamento a respeito de certa esquerda oportunista e desonesta que cercava o sr. João Goulart. À página 25 do livro *Da arte de falar mal*, lá está: "considero esta esquerda um aglomerado de imbecis que se escoram uns aos outros em defesa de teses — essas sim — necessárias". E lembro um personagem de *A Idade da Razão*:

"Lembram aquele Gomez do romance de Sartre? Pois o camarada era comunista só porque era muito difícil ser Gomez."

Continuo acreditando que nem o alto Comando Militar nem "o grupo de democratas" compreendam a minha posição. Não lhes quero mal por isso, pois não tenho o direito de exigir uma coisa de que são incapazes.

Não preciso da generosidade, da complacência ou da omissão de quem quer que seja. Não pedirei licença na praça da República ou na rua da Relação para pensar.* Nem muito menos me orientarei pelos pronunciamentos dos líderes civis ou incivis do movimento vitorioso. Acredito que posso me dar ao luxo de pensar com a própria cabeça. Mais: acredito que cada qual deve ficar com a própria cabeça em seu lugar. Não é hora para degolas nem recuos. Quanto mais não seja, devemos evitar o sangue e a palhaçada.

(*7-4-1964*)

* O Ministério da Guerra ficava na praça da República e o Dops na rua da Relação.

O Medo e a Responsabilidade

Não vejo razões para o Medo. Respeito o Ódio, aceito o Amor, mas sempre desprezei o Medo. Compreendo a prudência de uns. Acho natural o pânico de muitos: aqueles que não estavam, realmente, preparados para assumir a Responsabilidade. E, entre os apavorados, há o imenso escalão dos corruptos e oportunistas que iam nas águas de um movimento libertário, mas com instintos liberticidas ou propósitos carreiristas.

Impossível que esse seja o quadro geral. Repilo a generalização. Não posso aceitar que a dezena de milhões de brasileiros que votou no plebiscito a favor do sr. João Goulart seja toda desonesta, corrupta e subvencionada pela China comunista. Mesmo porque a China não teria dinheiro nem interesse para subornar tanta gente.

Firmo a minha posição: votei em branco no plebiscito sobre o parlamentarismo. Não poderia votar contra a investidura de um vice-presidente, eleito em regime presidencialista, no mandato que o povo lhe confiara. Considerei o parlamentarismo uma sórdida escamoteação à vontade do povo. Mas também não poderia votar a favor do sr. João Goulart, homem completamente despreparado para qualquer cargo público, fraco, pusilânime, e, sobretudo, raiando os extensos limites do analfabetismo. Não votei nele para vice-presidente, não votaria nele para presidente. Mas não poderia deixar de reconhecer a legitimidade de seu mandato.

Abstraindo o meu caso pessoal, há o caso que realmente importa: o caso do povo brasileiro. Esse votou compactamente num homem porque acreditava que esse homem representava alguma coisa.

Digamos que esse homem traiu essa confiança. Não considero traição o que foi simplesmente incompetência. Mas digamos que houve traição. Os ideais, a Causa que uniu tantos brasileiros em torno de uma bandeira — ainda que bandeira prostituída pelos seus detentores — permanece latente, nos campos e nas cidades, nos jovens e velhos que esperam melhores dias e melhor futuro.

Afirmam que há uma revolução no país. Não discutirei a palavra revolução.* Aceito-a, para argumentar. Se houve revolução, e se os chefes dessa revolução ignorarem essa Causa que uniu e continuará unindo tantos brasileiros, teremos de admitir aquilo que a imprensa francesa, e, nos últimos dias, a própria imprensa norte-americana diagnosticaram no país: um simples golpe da direita para a manutenção de privilégios.

Não quero crer que essa seja a versão exata. Até agora os líderes da revolução, civis ou militares, falam apenas em limpar o terreno. A expressão é tipicamente de quartel. Mas o Brasil não é um quartel. É um povo com crianças que passam fome, com adultos que chegam à vida pública analfabetos porque não tiveram escola.

Não tenho autoridade para fazer apelos, mas, já que me meti na pele suarenta de um quixote subdesenvolvido (e com tantos moinhos de vento, quem resiste montar um rocinante?), vou até o fim. Não farei apelo aos líderes vitoriosos. São homens muito importantes para se darem ao trabalho de ler o insignificante escriba. Apelo para os meus colegas de profissão, os que escrevem, os que exercem atividade intelectual, os que ensinam, os que aprendem: não é hora para o medo. Marquemos cada qual a nossa posição.

* Ver, no Apêndice (p. 190), o artigo "Golpe e revolução", de Edmundo Moniz.

Um, dois, dez, mil, um milhão, não importa. É preciso que se denuncie a nudez do rei. Não deixemos essa tarefa — ou obrigação — para os lactentes.

O movimento que depôs o sr. João Goulart contou com as simpatias de alguma parte da população. Sufocar a liberdade de um povo porque alguns líderes não souberam ser dignos do mandato do povo é trair o povo. Mais: é trair a dignidade da condição humana.

Não há medo. Há um Futuro. E é nele que eu creio.

(9-4-1964)

O ato e o fato*

E assim é que o Alto Comando Revolucionário, sentindo que suas raízes não são profundas, impotente para realizar alguma coisa de útil à nação — pois tirante a deposição do sr. João Goulart não há conteúdo nem forma no movimento militar —, optou pela tirania. Lendo o preâmbulo do Ato, tive repugnância pelos seus redatores. Mas tive de sorrir ante a dificuldade com que o Alto Comando se deparou: "promulgava" ou "dava" um Ato Institucional à nação? Os juristas de sempre, sempre subservientes, cooperaram com suas luzes e arranjaram o termo antigo, romano: "editar". E o Alto Comando editou.

Na realidade, não foi editado. Foi simples e tiranicamente imposto a uma nação perplexa, sem armas e sem líderes para a reação. Foi desprezivelmente imposto a um Congresso emasculado.

O ato não foi um ato: foi um fato, fato lamentável, mas que, justamente por ser um fato, já contém, em si, os germes do antifato que criará o novo fato.

Doloroso, nisso tudo, o procedimento dos chefes militares. No ano de 1962, estive na Argentina cobrindo para este jornal o

* No dia anterior, editado pelo Comando Revolucionário que a si mesmo denominou-se de "Alto", foi posto em vigor um Ato Institucional que suprimia as liberdades públicas, abolia o Direito e instaurava a ditadura. O *Correio da Manhã*, através de um editorial e da crônica "O ato e o fato", colocou-se frontalmente contra a força e a indignidade que se consumavam.

movimento militar que depôs o sr. Arturo Frondizi. Saí de lá nauseado pelo militarismo inclemente e odioso que enodoa aquela nação. No avião que me trazia de volta, prometi a mim mesmo, à primeira oportunidade, ajoelhar-me e beijar os pés do primeiro militar brasileiro que encontrasse.

Evidente, não iria cometer o exagero. Mas a promessa foi feita para selar a minha repugnância pelo militar argentino. Os chefes que aí estão, agora, assimilaram, ao que parece, o figurino da Argentina. Em artigo escrito na ocasião, assim encerrava minha análise sobre a situação daquele país: "E a Argentina continuará como um vasto quartel, onde os civis serão apenas tolerados se se comportarem nos acanhados limites que os tanques e fuzis deixarem livres."

Hoje, a situação brasileira, se não idêntica, é análoga à da Argentina. Com a agravante: os militares da Argentina não escondem seus apetites. Não usam o terço ou a bandeira do anticomunismo para justificarem a tirania.

Lembro de passagem o óbvio. Depois de Mussolini, depois de Hitler, invocar o anticomunismo para impor uma ditadura é tolice. A história é por demais recente, nem vale a pena repeti-la aqui.

Enfim, temos o Ato e o Fato. O Ato é esse mostrengo moral e jurídico que empulhou o Congresso e manietou a nação. O Fato é que a prepotência de hoje, o arbítrio de hoje, a imbecilidade de hoje estão preparando, desde já, um dia melhor, sem ódio, sem medo. E esse dia, ainda que custe a chegar, ainda que chegue para nossos filhos ou netos, terá justificado e sublimado o nosso protesto e a nossa ira.

(11-4-1964)

Revolução dos caranguejos

Já que o Alto Comando Militar insiste em chamar isso que aí está de Revolução — sejamos generosos: aceitemos a classificação. Mas devemos completá-la: é uma Revolução, sim, mas de caranguejos. Revolução que anda para trás. Que ignora a época, a marcha da História, e tenta regredir ao governo Dutra, ou mais longe ainda, aos tempos da Velha República, quando a probidade dos velhacos era o esconderijo da incompetência e do servilismo. Quando até os vasos de nossos sanitários, as louças de nossos mictórios públicos tinham o consagrador *made in England*.

O Brasil foi para a frente, ganhou campeonatos do mundo, firmou uma presença industrial, subiu ao plano internacional — mas tudo isso é fruto do comunismo: há de regredir aos tempos da *Baronesa*, da Leopoldina Railway, das tesourinhas Sollingen, do retrato do Santo Padre concedendo indulgências plenárias pendurado nas salas de visita.

Lembro o poema de Apollinaire sobre o caranguejo: "recuamos, recuamos". E a sensação que predomina no país é essa: um recuo humilhante que deverá ser varrido muito mais cedo do que os medrosos e os imbecis pensam. Não se podia esperar caráter e patriotismo dos políticos: são coisas que a estrutura de um político não pode possuir, assim como a estrutura do concreto armado não pode possuir bolsões de ar. Mas dos militares — não há como negar — sente-se patriotismo e algum caráter. Um patriotismo adjetivado, sem substantivos, que se masturba com os gloriosos feitos históricos, feitos cada vez mais discutíveis. Um patriotismo estéril, que não leva a nada, que não constrói nada: lembro a patriotada do marechal Osvino mandando que os postos de gasolina hasteassem a bandeira nacional. É quase uma anedota, mas é típico da espécie de patriotismo que rege nossas Forças Armadas.*

Com algum caráter e algum patriotismo, é possível que os próprios militares compreendam o mau passo que estão dando, desmoralizando o Brasil perante o mundo inteiro e, o que é pior, destruindo o que de melhor temos como nação e como povo: a vergonha.

Não se compreende que os militares, hoje no poder, em nome da ordem queiram impor tamanho retrocesso. Estúpida concepção da ordem, essa, a de que a ordem se basta a si mesma. A ordem só é válida quando conduz a alguma coisa: *ordo ducit*. Mas a ordem que os militares desejam é uma ordem calhorda, feita de regulamentos disciplinares do Exército, de estagnação moral e material.

Até agora, essa chamada Revolução não disse a que veio. As necessidades do país, que levaram o governo inábil do sr. João Goulart a atrelar-se à linha chinesa do comunismo internacional, não receberam uma só palavra do Alto Comando.** Falam em hierarquia, em disciplina, e consideram a pátria salva porque os generais continuarão a receber continência e medalhas de tempo de serviço — à falta de condecorações mais bravas.

Sabemos que o governo deposto, se realmente enveredou o país para o caminho do caos, em parte tinha real cobertura dos an-

---

* Sobre isto, ver observação na página 83.

** O engajamento do governo Goulart à linha chinesa do comunismo internacional, na época, era uma tese mais ou menos sugerida pelo *Correio da Manhã*, jornal que combateu a situação anterior ao Golpe de 64. Hoje, sabemos que a acusação, além de injusta, foi pueril.

seios populares que o sr. João Goulart não soube interpretar nem zelar. Esses anseios não desaparecerão porque o general Fulano depôs o general Sicrano. Afinal, o Brasil — já o disse aqui — não é um quartel de oito milhões de quilômetros quadrados. Quadrados são os que desejam fazer do país um prolongamento do quartel.

Sem medo, e com coerência, continuo afirmando: isso não é uma revolução. É uma quartelada continuada, sem nenhum pudor, sem sequer os disfarces legalistas que outrora mascaravam os pronunciamentos militares. É o tacão. É a espora. A força bruta. O coice.

Que os caranguejos continuem andando para trás. Nós andaremos para a frente, apesar dos descaminhos e das ameaças. Pois é na frente que encontraremos a nossa missão, o nosso destino. É na frente que está a nossa glória.

(14-4-1964)

Ameaças e opinião*

Na tarde de anteontem, o nosso companheiro Carlos Heitor Cony começou a ser ameaçado por um grupo que se intitulava "de oficiais do Exército"; já na véspera, quatro indivíduos que não quiseram identificar-se tentaram penetrar em sua residência. A pressão tornou-se maior ao longo da noite do dia 14, quando, de diferentes fontes, configurou-se uma iminente violência física ao seu lar e à sua pessoa.

Cerca de meia-noite, aumentavam os indícios de uma invasão ao seu lar. A necessidade de preservar sua família de um espetáculo degradante fez com que o nosso companheiro solicitasse uma camionete ao jornal. Diretores e elementos da redação prontamente acorreram a seu apartamento, sendo providenciada a segurança de sua família.

* No dia em que saiu publicada a crônica "Revolução dos caranguejos", as pressões e ameaças que se faziam contra a pessoa do autor recrudesceram de forma ao mesmo tempo dramática e ridícula. Através de telefonemas, homens e mulheres insultaram obscenamente duas meninas de 13 e 9 anos. A residência do autor foi cercada por homens armados que procuravam vingar os brios e a honra das Forças Armadas. Quando se evidenciou a agressão, o autor procurou resguardar sua família, abrigando-a em local seguro. Depois, retornou à sua vida normal, esperando, sem armas e sem capangas, a "expedição punitiva" que alguns militares mais jovens articulavam no próprio Ministério da Guerra. Na edição de 16 de abril de 1964, o *Correio da Manhã* fez publicar em sua primeira página o editorial acima.

Em todo o dia de ontem as ameaças continuaram. Por volta das 11 horas, dois indivíduos que se diziam do Ministério da Justiça foram a seu apartamento e interrogaram as empregadas sobre os hábitos e horários do dono da casa. Diversos profissionais de diferentes setores de nossa redação estão sendo avisados de que se prepara uma violência física contra o nosso companheiro.

O *Correio da Manhã* sente-se à vontade para prestigiar o seu redator. Trata-se de autor de uma obra literária que vem merecendo o estudo crítico de nossos melhores ensaístas, e que, ainda em 1963, alcançou excepcional êxito com *Matéria de memória*. Carlos Heitor Cony, além de ser nosso cronista, passou por diversos postos de nossa redação: copidesque, repórter internacional, editorialista e, atualmente, editor.

Nunca foi comunista. Nunca manteve vínculos administrativos, políticos ou sociais com o governo deposto. Pública e pessoalmente, nunca escondeu sua oposição ao ex-presidente João Goulart. A veemência de seus últimos artigos é a expressão pessoal de uma opinião já expressa em sua obra literária, opinião esta que, de resto, não pode ser cerceada nem ameaçada, a menos que já se prepare um ato punitivo aos delitos de opinião.

(*16-4-1964*)

Um passo atrás na direção certa

Afinal, empossou-se o presidente da República. Temos o homem, um homem que — segundo voz geral — é honrado, e, segundo alguns, é até inteligente. Acredito em sua honradez, mas continuo a pensar mal da inteligência militar. Coisa cá minha, que em nada subverte ou mutila as sadias instituições pátrias.

Temos o homem. Desde 31 de março, a violência impera no país com a conivência do Alto Comando Militar — entidade abstrata, fluida, sem contornos, sem definições. Por trás da abstração, adivinha-se o concreto apetite da vingança e do ódio de alguns. Por trás do coletivo, a sede de reivindicações de toda uma classe heterogênea que chega ao poder e nele pretende ficar.

Temos o homem. Chama-se Humberto de Alencar Castelo Branco, nome simpático, provinciano, digno. Não se pode querer mal a um camarada — embora general — que seja parente de José de Alencar e Rachel de Queiroz. Sobre esse homem pesam, agora, as responsabilidades, os deveres, e, sobretudo, as imposições de todas as sedes e fomes que pretendem devorar o país, devorando primeiro a sua liberdade e a sua vergonha.

Temos o homem. Será um mero delegado executivo do Alto Comando Militar ou se compenetrará de que é mesmo o chefe da nação, e que essa nação não é um quartel, um comando militar, uma divisão de cavalaria, um bivaque. De uma nação que cresce e amadurece, apesar dos pigmeus e dos imaturos que a têm controlado quase que continuamente.

Temos o homem. Olhemos bem para a sua cara — cara dura, honesta, sem floreios, feia, cara típica de um povo duro, honesto, sem floreios e feio. Esse homem e essa cara têm diante de si a opção mais importante de nossa época: compactuar com a tirania ou reconduzir o Brasil aos limites da lei natural e da ordem jurídica.

Temos o homem. Até então, tínhamos amigos e inimigos caçados como feras, acuados em seus lares. Homens no opróbrio das prisões sem julgamento, das sevícias manipuladas pelos apetites que a facilidade da força bruta desencadeou e não sabe como fazer parar.

Sobe ao poder numa hora em que os outros homens — todos nós — caímos inertes, sem futuro, sem esperança, sem amor — à espera do pior, do inevitável. Para um país assim mutilado em sua veia mais nobre, maior verdugo não poderia haver que um presidente omisso e impotente ao braço militar. Um homem covarde diante de suas responsabilidades.

O general Humberto de Alencar Castelo Branco assume a Presidência da República ao mesmo tempo em que assume uma inarredável posição ante a História. Até então, nunca tivemos tiranos. Tivemos ditadores, homens prepotentes, mas tirano — com toda carga de sangue que a palavra encerra — nunca tivemos.

Cabe a este homem optar ante a História — que o marcará indelevelmente — e alguns políticos e companheiros de farda — que no fundo desejam apenas satisfazer seus ódios e vaidades.

Torcerei para que ele encontre o caminho. Um caminho áspero, mas necessário, por ser o único que interessa ao país. Já é hora de os vencedores darem um passo atrás na direção certa. Cabe ao presidente iniciar esse passo. O povo o completará.

(16-4-1964)

Anistia

É preciso que alguém seja o primeiro a pronunciar essa palavra, banida de nosso vocabulário em nome da vingança ou do medo. Talvez seja, tática ou politicamente, um erro pronunciá-la aqui, mas não sou político nem tático e posso me dar à distração de cometer erros políticos e táticos. Escrevo essa palavra para que ela cresça e frutifique. Bem sei que são poderosos os motivos que eliminaram temporariamente essa palavra de nosso convívio.

Acredito que só os histéricos queiram levar até o fim aquilo que o Alto Comando, repetindo nazistas, fascistas e comunistas de diferentes épocas e causas, chama de expurgo. É uma feia palavra, que soa como um vomitório e cuja prática leva a crueldades insuspeitadas: os tiranos apertam o *starter* e a engrenagem policial faz o resto.

Conheço de sobra os argumentos contra a anistia. O mais forte deles baseia-se no seguinte: se *eles* vencessem, a coisa seria pior. Não haveria apenas expurgos, mas fuzilamentos. O outro argumento também é simples de ser exposto: se não eliminarmos o joio, o trigo sucumbirá. Se os comunistas não forem arrancados da vida nacional, se não se aproveitar a vitória, muito em breve eles voltarão, piores e mais famintos.

Não vou discutir os argumentos, antes, aceitá-los integralmente, para expor o meu pensamento: que adianta vencer a maldade para nos tornarmos maus? Que adianta vencermos os corruptos para nos tornarmos corruptos? Que adianta vencer o ódio e odiarmos também?

Lembro uma frase que o padre Leonel Franca colocou no pórtico de um de seus livros: "O homem vale o que vale a sua unidade." O que justifica a nossa sobrevivência é a certeza de que amanhã continuaremos a mesma luta de ontem, com o mesmo gosto, o mesmo ideal. Não podemos repetir o trágico despertar daquele personagem de Kafka que deitou homem e acordou inseto, monstruoso e repugnante. Em Kafka, o personagem conservou a lucidez, a consciência de seu estado anterior. Foi uma metamorfose apenas física. Mas se adotarmos os mesmos métodos e o mesmo ódio que censuramos nos adversários, teremos um despertar pateticamente cruel; acordaremos animais, e, sem consciência anterior que nos refreie e guie, sairemos às ruas para enojar os outros com o nosso aspecto miserável. Sairemos às ruas em busca de monstros iguais para a tarefa igual.

Valemos o que vale a nossa continuidade, a nossa potência em, a cada despertar, retomarmos o fio de nossos defeitos e fomes e com ele tecer a nossa armadura — feita de dor e esperança —, a nossa crônica, a nossa história, a nossa humanidade.

Há riscos, evidentemente, em sermos íntegros. Mas se lutamos por determinados valores, se sacrificamos as nossas sedes e fomes por um comportamento — por que alterar os valores e o comportamento para destruir aqueles que não possuem os mesmos valores e o mesmo comportamento?

Não combateremos os injustos para sermos injustos. Não espantaremos os ladrões para roubarmos também. Deixo bem claro: o comunismo, em si, possui lutas e mensagens que o próprio vento da História se encarregará de plantar no seio dos homens. O que me repugna, não no comunismo, mas em certos comunistas, é o método, a pressa, a sofreguidão, a boçalidade com que querem aproveitar esse vento da História para serem funcionários da Petrobras.

Não serei boçal porque os outros o são. Quero despertar amanhã com a mesma integridade, a mesma fraqueza com que adormeci. A despertar transformado em inseto ou em monstro, prefiro não despertar nunca, fixar-me em cadáver. Quando mais não seja, o cadáver é forma definitiva e nobre de um homem.

(18-4-1964)

A natural história natural

Encontro no livro escolar de minha filha (terceira série primária) algumas sábias classificações que valem a pena recordar ou aprender. Nas páginas 162 e seguintes, encontramos: "Invertebrados — Dividem-se em artrópodes, moluscos, vermes, equinodermos, celenterados e protozoários."

Entre os artrópodes, destaquemos os moluscos: "Têm o corpo mole, uns vivem dentro de uma concha, outros não. Exemplos: lesma, polvo, caracol. O caracol é célebre pela ausência de cérebro." Mas são de moral ilibada, incorruptíveis, bem podiam participar do Alto Comando que nos rege e guia.

Mas há os protozoários. O livro da terceira série assim os explica: "São os protozoários os seres mais simples. São de tamanho minúsculo e, apesar de infinitamente pequenos, constituem um sério perigo para a vida dos homens; referimo-nos aos micróbios de origem animal, que são protozoários causadores de muitas doenças. Só podem ser vistos através de microscópios." Mas em horas de convulsões cívicas, os protozoários são facilmente vistos através da televisão.

Falando ainda sobre animais, o manual de terceira série expõe algumas generalidades.

"Os animais não podem viver sem alimento, e, por isso, eles comem e bebem. Uns comem carne, como o gato e a onça. Outros alimentam-se de ervas ou grãos, como a galinha e o peru. Outros, os mais numerosos, comem de tudo."

E há o capítulo das metamorfoses:

"Há animais que têm mais ou menos a mesma forma desde que nascem e outros que mudam de forma enquanto se desenvolvem."

E, finalmente, o curioso e atual capítulo intitulado: "Meios de defesa dos animais". Vamos transcrevê-lo na íntegra:

Os animais vivem em luta constante, uns contra os outros. Por isso, a natureza deu a todos eles meios de defesa com os quais se defendem. Há animais que se defendem com:

a) os chifres (o touro, o veado, o carneiro etc.);
b) os dentes (a onça, o cão, o porco etc.);
c) as patas traseiras (o cavalo, o burro, a zebra etc.);
d) os pelos (o porco-espinho);
e) o casco (a tartaruga, o tatu, a ostra etc.);
f) a cauda (o jacaré, a baleia etc.);
g) a tromba (o elefante);
h) o mau cheiro que exalam (o percevejo-do-mato; o gambá);
i) a cor que tomam (a perereca, o camaleão etc.);
j) a atitude que tomam (fingindo-se de mortos).

A lição termina com o parágrafo dedicado à expressão: "Certos animais entendem-se por meio de uivos e guinchos; o homem, por meio da linguagem articulada, isto é, por meio da palavra. O homem é o único elemento da natureza que tem o dom da palavra."

Minha filha decorou essa sabedoria toda e pretende fazer boa prova. De tanto ouvi-la repetir isso tudo, quase que acabei decorando também. E aproveito a oportunidade para oferecer a gregos e troianos, reacionários e revolucionários, guardiães da ordem vigente e pilares da sociedade, essa modesta contribuição à análise de cada um.

De protozoários estamos cheios, transbordam pelas ruas, pelos quartéis, pelas repartições, caem do céu, sobem da terra: é uma invasão. De animais que se defendem com o mau cheiro que exalam — a prudência me aconselha o silêncio. Mas é arma eficaz, tanto na guerra como na paz. Sugeriria que os estrategistas bélicos incluíssem esse importante meio de defesa entre as nobres armas que velam pela pátria.

Finalmente, há os animais que se comunicam através de guinchos e uivos. Tive o desprazer, em dias da semana passada, de receber alguns telefonemas desses animais.

Além dos animais que se comunicam com uivos e guinchos, há o homem. O livro, embora primário, é categórico ao afirmar: "só o homem tem o dom da palavra".

E é através da palavra, é pronunciando-a clara e corajosamente, sem medo, que podemos unir todos os homens e a eles nos unir contra todos os animais que para sobreviverem exalam mau cheiro, mudam de feitio e cor, usam chifres e patas.

Animais que para sobreviverem precisam da força e da estéril tranquilidade que só a imbecilidade dá e sustém.

(*19-4-1964*)

O povo e os caranguejos

Sabe-se que as honradas autoridades militares estão preocupadas com a *popularidade* do movimento que institucionalizou o golpe de força que elas (as autoridades militares) insistem em classificar de revolução. Já há em funcionamento, no próprio Ministério da Guerra, uma espécie de Divisão (ou Regimento ou Pelotão) de Relações Públicas, comandada pelo coronel Ruas. Sabe-se que alguns técnicos em propaganda estão bolando uma campanha destinada a popularizar aquilo que insistem em chamar de Revolução.

Que os regimes de força (Hitler, Mussolini, Franco, Salazar, Stalin, Vargas, Stroessner e outros ditadores maiores ou menores) precisem da propaganda — é fato histórico passado em julgado. A ascensão hitlerista é recente demais para lembrarmos o decisivo papel da propaganda do dr. Goebbels na institucionalização do nacional-socialismo que passou à História sob o nome de nazismo. E, não tão longe assim, temos o doméstico e salutar exemplo do DIP.*

O ineditismo da situação atual é outro. Nunca se viu uma revolução precisar de popularidade. Se qualquer movimento armado ou desarmado precisa popularizar-se é óbvio que o movimento em causa não é popular, ou seja, não tem o apoio do povo. Mais: é um movimento contra o povo, pois o instinto popular sabe onde

* Departamento de Imprensa e Propaganda (DIP) era o órgão que fazia as relações públicas e particulares da ditadura de Vargas, mais ou menos entre 1937 e 1945.

e como aderir e sacramentar com o seu apoio os movimentos realmente populares.

Que o governo do honrado sr. Castelo Branco precise popularizar-se — vá lá. Mas que a chamada Revolução de Abril (ou Março? — nem isso ainda ficou acertado) necessite de relações públicas, do estro e da fecúndia dos nossos iluminados publicitários — é coisa não apenas inédita, mas ridícula.

Serve, no entanto, para provar o que já está provado: o movimento armado de abril — ou março — (é preciso, o quanto antes, que o Ato Institucional faça um novo artigo definindo de uma vez por todas essa questão) não contou com a participação nem com o apoio do povo. A deposição do sr. João Goulart foi realmente reclamada por grande parcela das classes médias: era uma situação caótica, insustentável. Mas a continuação do Golpe Militar que depôs o governo, o Ato Institucional, a perseguição, os expurgos, as delações, as caçadas humanas — isso não apenas o povo não aprovou como está repelindo. Só os histéricos estão satisfeitos com a atual situação. A nação está em silêncio, à espera que alguém coloque um ponto final nesse noviciado à tirania que pretende se impor como reivindicação popular, quando, na realidade, é uma reivindicação de alguns elementos da caserna, açulados por políticos corruptos e indecentes que não tiveram vez na corrupção e na indecência do governo anterior.

Daqui desta coluna já classifiquei esse movimento de Revolução dos Caranguejos. É um nome que ofereço graciosamente aos homens do Alto Comando. Os caranguejos são honrados, de caráter ilibado, não roubam nem subscrevem manifestos subversivos. Não há notícia, na crônica dos caranguejos, de que algum dia um desavisado membro da espécie tenha lido Marx ou tenha ido a Pequim subvencionado pela Petrobras.*

* Na véspera, os jornais que defendiam o golpe publicaram uma relação de pessoas que haviam viajado a Pequim por conta da Petrobras. Os viajantes foram acusados de

Caranguejo anda para trás — é uma verdade. Mas há vantagens em se andar para trás. Além de mais fácil, é mais seguro. Os militares, quando perdem uma batalha, andam para trás. Não chega a ser uma vergonha: é uma estratégia.

E não há como negar que o movimento de abril — ou março — anda para trás. Já sabemos que o sr. Milton Campos, um dos nomes mais honrados dessa revolução de caranguejos, pretende ressuscitar alguns itens de uma Constituição do século passado: aquele que dispõe sobre as eleições municipalistas, quando os coronéis do interior manobravam com mais facilidade e com menos despesas o eleitorado de cabresto. Para facilitar ainda mais a coisa, bem podia o sr. Milton Campos e outros juristas do movimento ressuscitarem não a Constituição do Império, mas a Carta de Pero Vaz de Caminha e ficarmos à espera do "em se plantando".

A força tem os seus direitos. Que imponha preceitos superados, já banidos pelas Constituições mais recentes que tivemos. Que crie relações públicas para tornar simpáticas a bordoada e a injustiça. Que suborne ou ameace as poucas vozes que estão clamando contra a indecência que aí está.

De minha parte, irei para a frente. Muitos outros escritores e jornalistas, muita gente do povo continuará a caminhada que realmente merece o nome de caminhada: ir para a frente. Que os caranguejos continuem indo para trás. Haverá duas vantagens nisso: nós, os que vamos para a frente, jamais cruzaremos com os caranguejos — o que será higiênico e pacífico. E, acima de tudo, cada qual terá o que merecer.

(21-4-1964)

ter frequentado academias do terror comunista. Na verdade, foram firmar um acordo comercial que, mais tarde, foi realmente concretizado pelo governo Geisel.

Farto material subversivo

Uma vez que os tempos não se adaptam aos nossos modestos apetites, o remédio é nos adaptarmos aos apetites do tempo. Esta sutil operação cívico-espiritual deve ter um nome pomposo na filosofia aristotélica ou na teologia tomista, mas não me lembro qual. Mesmo porque os tempos não estão propícios à filosofia e à teologia. Essas extravagâncias intelectuais foram em boa hora substituídas pelo Regulamento Disciplinar do Exército, RDE para os íntimos.

E assim sendo, acertaremos o passo com a cívica patriotada que por aí anda. Vejo nos jornais que é de bom alvitre — alvitre prestigiado e compensado pelas Forças que nos regem e guiam — delatar pessoas e locais onde Polícia ou Exército possam encanar os lacaios de Moscou, Pequim, Havana ou outras cidades da atual geografia subversiva. Ainda não tomei conhecimento de qualquer batida cívico-policial-militar que não resultasse na inglória cana de traidores da pátria que tramavam a degola de nossas criancinhas e o aviltamento de nossas instituições e na colheita de farto material subversivo. Aliás, esse farto material subversivo é apanhado aos quilos: "Os caminhões do Dops recolheram 273 quilos e quatrocentos gramas de farto material subversivo."

A relação é inquietante. Bustos do sr. Luís Carlos Prestes, flâmulas da União Nacional dos Estudantes, bandeiras de Cuba, edições completas de Dostoievski. Leio, aterrado, que numa sangrenta célula de Brás de Pina foi apreendido um disco de alta periculosidade: trechos seletos de *Boris Godunov*.

Entro em pânico. Lá em casa, por culpa de uma subversiva *Enciclopédia britânica* que herdei de meus maiores, há um verbete (*flag*) ilustrado com uma subversiva bandeira cubana. Vou tratar de, com minhas próprias mãos, expurgar tamanha subversão de meu cristão e patriótico lar, antes que o Dops me expurgue a cabeça, a alma e os livros.

Vou também delatar os inimigos da família brasileira. Hélio Fernandes,* Álvaro Americano, dona Pomona Politis, Ibrahim Sued, escribas maiores e menores, mas todos de entranhado amor à pátria e às instituições, limitaram-se até agora a delatar inimigos e desafetos, seus e os dos grupos dos jornais onde trabalham. Pois vou superá-los: delatarei os meus amigos.

Recolho-me à meditação. Procuro o amigo que, com dedo duro, apontarei aos prebostes da rua da Relação e da praça da República. Vejo o perfil helênico-cearense do meu particular e querido amigo Aderson Magalhães, que assina *All Right* para vós outros. Pois dentro daquele perfil helênico-cearense há um paladar subversivo que adora charutos havana. Quando não há havana na praça, *All Right* defuma a redação com seu poderoso *Ouro de Cuba*. Em dias de maior generosidade, há distribuição de charutos e até o bardo anglo-baiano Van Jafa adere à subversão.

Mas não basta delatar os amigos. Vou superar-me: delatarei minha mãe: ela costuma, em dias de convulsão cívica, rezar uma oração contida num velho Goffiné subversivo — *Oração para os dias de Revolução*. A oração diz mais ou menos assim: "Livrai-nos

* Hélio Fernandes, que combateu os governos de Juscelino Kubitschek e João Goulart, foi talvez o mais ostensivo jornalista a favor do golpe. Posteriormente, e sobretudo depois da marginalização de Carlos Lacerda, foi alterando a sua posição, tornando-se aos poucos um adversário do regime militar. Sofreu várias punições, inclusive confinamentos em Fernando de Noronha.

da luta fratricida, das emboscadas do Demônio e da violência dos tiranos, por Nosso Senhor Jesus Cristo, amém."

Prestado tão relevante favor à causa, resta-me esperar a nomeação para adido cultural no Vaticano ou na Baviera. Se for impossível tamanho favor, se o Alto Comando já estiver comprometido com outros delatores mais substanciosos, arranjem-me pelo menos uma assessoria de imprensa de qualquer empresa estatal ou paraestatal. Os tempos estão magros e o rancho que a Revolução nos promete precisa de suplementos mais ricos em calorias e em vergonha.

(23-4-1964)

Um castelo no ar

Em artigo anterior, abrimos generoso crédito de confiança ao presidente Castelo Branco. "Temos o homem" — afirmamos, procurando lembrar a fórmula com que o cardeal-camerlengo anuncia à Cristandade a eleição de um novo papa: "*Habemus Papam!*" *Habemus* — temos. Agora, além do crédito de confiança que a nação abriu a seu presidente, resta a paráfrase shakespeariana: ter ou não ter. Temos ou não temos o homem?

Ninguém sabe ainda. Se de um lado temos um presidente da República nominal, de outro temos um Ato Institucional que já classifiquei de mostrengo moral e jurídico. Prevalecerão ainda a perseguição, a prepotência, a imbecilidade jurídica de cassar mandatos e violar lares? O que querem afinal os homens dessa Revolução de Caranguejos, além da natural função de caranguejar e voltar para trás?

Vejo nos jornais e revistas a devassa no lar do sr. Leonel Brizola. O estilo político e pessoal desse cidadão não é do meu agrado. Considero-o — e nisso estou de integral acordo com todos os vitoriosos de agora — um dos maiores culpados pelo caos por que atualmente passamos. Mas considero igualmente uma indecência, uma molecagem indigna de ser tolerada por um homem honrado como o sr. Castelo Branco, a devassa em seu guarda-roupa, nas joias de sua esposa, na inviolabilidade de seu lar. Provem primeiro que o sr. Brizola roubou. Não é justo que, em nome de um ódio político, de um desmascaramento — aliás inútil — de que a liderança popular do sr. Brizola não era tão popular assim, cometa-se tamanha indignidade, tamanha impudência contra um inimigo derrotado.

Afinal, o sr. Castelo Branco preside um governo de homens ou de moleques? Tolerar essas e outras molecagens é comprometer o seu passado honrado, a sua figura honesta, as suas boas intenções, os seus altos propósitos.

Os primeiros atos do marechal-presidente da República são indecisos ainda. A nação vê com esperanças subir à suprema magistratura um homem simples, austero, representante fiel de um povo bom, generoso e honesto.

Espero não errar ao afirmar que a nação confia no sr. Castelo Branco. Confia em que as perseguições descabidas serão refreadas e punidas. Que — tal como a Constituição estabelece — ninguém será punido por opinião ou ideologia. Que os ladrões, os desonestos, os culpados purguem a ladroeira, a desonestidade, a culpa. Mas como considerar ladrões, desonestos e culpados tantos milhares de brasileiros que em diferentes escalões da vida nacional lutavam por um Ideal que consideravam certo?

Sabemos que o sr. Castelo Branco mandou retirar o retrato do sr. Getúlio Vargas, do palácio da Alvorada, e, em seu lugar, introduziu um outro, o do duque de Caxias, devidamente condecorado, naquela pose nobre que os livros escolares divulgam e enaltecem. Nada tenho contra o duque de Caxias, mas lembro ao presidente da República que a sua atitude é análoga à de um outro marechal, o sr. Osvino Ferreira Alves, que mandou hastear o pátrio pavilhão nos postos de gasolina. Medidas assim são dispensáveis, embora não entre no mérito delas.*

* Sobre isto, ver observação na página 83.

Mas a nação espera muito mais de seu presidente. O povo nunca viveu tão aterrado, tão humilhado, tão sofrido como nos dias de hoje. Pior que a inflação, pior que o custo de vida, pior que todas as coisas piores de nossos quatrocentos e tantos anos de História liberal e libertária — é o Terror (com T maiúsculo mesmo) que uma minoria de oportunistas e de fanáticos está tentando prolongar à custa de homens honrados como o marechal Castelo Branco.

Espero repetir, em breve — e para valer — o "temos o homem". Por ora, temos um castelo no ar — à espera de uma concretização em nobre metal. Dispensamos o castelo de areia que se dissolverá aos apetites do poder e da tirania. Queremos um castelo que fique para sempre, e cuja memória seja abençoada por todos os brasileiros desoprimidos do medo e da vergonha.

(25-4-1964)

Res sacra reus

A *soi-disant* Revolução de 1º de abril pode ter alguns aspectos simpáticos. A subida do marechal Castelo Branco ao poder seria um desses aspectos simpáticos. Mas o que prevalece são os aspectos não apenas antipáticos, mas repulsivos. E para sabermos qual o aspecto mais antipático ou mais repulsivo — o páreo é duro. De minha parte, não tenho dúvidas em apontar a pior faceta do 1º de abril: o ilegal e violento desrespeito à dignidade humana.

Perdoa-se a confusão, os equívocos, as precipitações das primeiras horas. Mas a confusão, os equívocos e as precipitações perduram ainda. O Ato Institucional — parece — institucionalizou a confusão, os equívocos e as precipitações. E estou sendo generoso em não mencionar as perseguições e as vinganças que também se institucionalizaram nessa súbita e medieval caça às feiticeiras que estamos vivendo.

A plebe ignora os responsáveis por tudo isso. Conhecemos apenas os executores, o longo braço desta lei ilegal que aí está: a Polícia, os esbirros, os alcaguetes de uma e de outros. Mas ninguém sabe ao certo em nome de que princípio ou para que fins estão conspurcando a dignidade humana com prisões e punições idiotas e violentas.

Os antigos — que nos legaram as bases e o costume do Direito — tinham nos réus uma coisa sagrada: *Res sacra reus*. A Justiça, segundo o conceito humanístico, foi feita para os réus. Para eles é que se criaram os dogmas, os tribunais, os juízes, os ritos processuais. E a sacralidade da Justiça repousa na própria sacralidade do réu.

Não vou defender o regime do sr. Fidel Castro. Mas em Cuba, onde a Revolução foi muito mais radical, os réus tiveram direito a um julgamento, embora sumário e emocional. Na Revolução Francesa, na Revolução Russa, o tribunal não foi abolido e o direito de defesa ou de processo foi respeitado, embora formalmente.

Pois no Brasil de 1964 não se respeita nada. Cassam mandatos sem que os réus tenham a oportunidade de abrir a boca. Suspendem direitos políticos e nem os punidos sabem por que crime, por que omissão ou ação perderam seus direitos.

Quem está por trás de toda esta aberração jurídica, desse estupro moral em que se violenta toda a nação? Não sabemos. O que vemos aqui fora é estarrecedor. Quem parece ditar as leis e os modos à Revolução são alguns histéricos e analfabetos: Flávio Cavalcanti, Ibrahim Sued, Hélio Fernandes, César de Alencar e outros vultos do mesmo gabarito e da mesma fossa.

Pregam eles — na base da picaretagem e da desforra de seus recalques — a punição de A, de B, de C — e, por mais que pareça boçal, dias depois o fruto dessa pregação passa a ser levado a sério pelo escalão mais sério e novas ilegalidades, novas violências são perpetradas contra a nação indefesa, contra o povo desesperado.

Em nome da consciência moral, em nome de uma civilização cristã ocidental que colocou o Direito como fundamento do Estado, em nome de um insignificante indivíduo que se rebela contra a hipocrisia, a força e o medo, vou continuar gritando. Respeitem ao menos a dignidade dos acusados. As prisões estão lotadas, sujas de vômitos e de sangue. Essa nódoa será lavada, um dia, mas os homens que a toleram, os homens que a aumentam, esses ficarão com o estigma para sempre. E pagarão — um dia — a ignomínia e a violência. Serão eles os seus próprios verdugos diante do povo e da História.

(28-4-1964)

A reação fascista ou Mme. Nhu de calças vai a Paris

A quartelada de 1º de abril continua insistindo em popularizar-se. Companhias de propaganda estão sendo sondadas para elaborarem uma campanha destinada "a vender a Revolução", ou seja, torná-la digerível pelo povo brasileiro. Enquanto isso se processa no *front* interno, no *front* externo tivemos o belo serviço prestado à causa revolucionária pelo sr. Carlos Lacerda. Desobrigando-se de um compromisso assumido com os conhecidos grupos internacionais que por aqui campeiam, o sr. Carlos Lacerda foi espantar de uma vez por todas a colaboração francesa. Sabe-se que a França pretendia ajudar o nosso desenvolvimento. Mas ao sr. Carlos Lacerda, e em geral aos revolucionários de 1º de abril, qualquer outra ajuda que não seja a norte-americana é comunista, perniciosa à nossa civilização cristã.

Por acaso, o último número de *Newsweek*, revista que não é subvencionada por Moscou ou por Pequim, através de seu comentarista, Walter Lippmann, analisa realisticamente o atual panorama brasileiro. Lippmann classifica a quartelada de 1º de abril de "contrarrevolução" (*judgment about the counter-revolution in Brazil*) e, mais adiante, alude a *uma Reação Fascista que poderia ser engendrada* (*that they could engender a Fascist reaction*).

Temos assim o panorama visto dos *States*. O sr. Carlos Lacerda deveria, se não por coerência, ao menos por vergonha, investir também contra os comunistas infiltrados em quase toda a imprensa norte-americana. Não percebeu o sr. Carlos Lacerda que o papel que lhe destinaram, além de sórdido, era próprio de um palhaço: reclamou de alguns comentários de *Le Monde* pensando que com isso lavaria todas as máculas pré-fascistas do movimento de 1º de abril. E foi em outro flanco que o petardo mais poderoso estigmatizou de vez os reacionários que aí estão: cito em inglês para melhor sabor: FASCIST REACTION.

Mas nem só Mr. Lippmann disse que os nossos reis estão nus. O papa fez um categórico pronunciamento exigindo mentalidade progressista do atual governo. Pediu reformas — o que seria um lugar-comum, ainda que pontifical — e atendimento imediato das reivindicações populares. O sr. Carlos Lacerda deveria ir a Roma, urgentemente, dizer que o papa é comuno-carreirista e que Claudia Cardinale seria melhor pontífice do que Paulo VI.

Traído na retaguarda, restou ao sr. Carlos Lacerda desempenhar o seu triste papel de Mme. Nhu de calças. Para refrescar a memória: Mme. Nhu foi aquela senhora que aproveitou as misérias internas de sua pátria para tornar-se vedete no cenário internacional. Seu vedetismo durou o espaço de um enterro: sepultado o Mr. Nhu, ninguém deu mais importância a Mme. Nhu.

(30-4-1964)

Missa de trigésimo dia

A quartelada do 1º de abril providenciou uma indecente recauchutagem para o 1º de maio. Sob o pretexto de reprimir possíveis manifestações operárias, os chamados revolucionários — civis ou incivis — encheram as prisões já cheias, afastaram indecentemente um governador indecente e, praticamente, colocaram na posição de prisioneiros dois outros governadores, por sinal, homens da primeira hora do movimento.

Tanto o sr. Magalhães Pinto como o sr. Ildo Meneghetti estão virtualmente presos em seus respectivos palácios. Usam ainda o título de governador e têm a liberdade de assinar o nome em papéis previamente marcados pelos comandos militares.

E não é isso o mais inquietante. O próprio presidente da República, a essa altura, já não parece um líder da revolução, mas um robô da revolução. Tanto o marechal Castelo Branco como os seus ministros já não mandam mais nada. As poucas promessas que fizeram, em nome dos ideais de 1º de abril, não foram cumpridas porque não puderam ser cumpridas. Afirmou o presidente, referendado pelo honrado ministro da Justiça e pelo próprio ministro da Guerra, que o Comando Militar havia sido extinto, em face da nova legalidade revolucionária. Mas em Belo Horizonte, em Porto Alegre, em Niterói, o Comando Militar, em seus escalões mais ordinários, continua impondo à população civil os antolhos militares.

É certo que a revolução costuma devorar seus filhos. Embora o movimento de 1º de abril esteja longe de ser, cientificamente, uma revolução, é justo — e é até necessário — que os seus filhos sejam devorados. Problema deles. Mas o que estarrece a nação é a máfia, a espúria maçonaria que se adivinha por trás de tudo isso. Não são os homens honrados que aparentemente subiram ao poder que estão realmente mandando. Tal como na Chicago da Lei Seca, quem realmente manda são os sindicatos clandestinos da reação mais boçal que já se instalou num país. Volta e meia surge um nome — um coronel, um major, um capitão — e adivinha-se que o controle da situação pertence a verdadeiras quadrilhas que não se dão ao respeito de assumir publicamente suas responsabilidades.

E temos o que aí está. Uma vasta classe, sedenta de reivindicações, de complexos, tramando a quartelização do país. Um quartel de oito milhões de quilômetros quadrados onde a população civil seja subjugada e gozada pela minoria que se julga inteligente e sábia porque sabe desmontar um FM.

Já o aumento dos militares foi apressadamente votado, sem que o equivalente civil esteja ao menos estruturado. As listas de promoção enchem colunas dos jornais: os prêmios são distribuídos. Crucificado o povo, a soldadesca sempre se atira aos despojos das vestes e da túnica — está no Evangelho.

Disse que a classe militar é sedenta de reivindicações. O oficial brasileiro comum chega à meia-idade insatisfeito, irritável e reacionário. O cadete dourado da juventude transforma-se, aos trinta, aos quarenta anos, num opaco funcionário do Estado, subordinado a uma disciplina férrea, a perspectiva sombria: o soldo é realmente baixo, as oportunidades de outros empregos são vexatórias ou condenáveis. Dentro de casa, a esposa, submetida a uma economia violenta, aponta ao marido os amigos civis, mais folgados, com maiores oportunidades, com menos encargos.

Em seus travesseiros, após uma jornada inglória e dura, o oficial sonha com o golpe de Estado que corrija a aberração, que o iguale aos amigos liberais, industriais e comerciantes que "estão se fazendo na vida".

Esse quadro, em linhas gerais, funciona em todos os países não ainda fixados numa economia própria e estável. E, em resultado, surgem os periódicos pronunciamentos, cuja finalidade subliminar, no fundo, é corrigir uma situação que os próprios militares criaram.

Sou favorável a um aumento brutal nos subsídios militares. Que eles ganhem trinta, quarenta vezes mais que os civis. Mas que fiquem limitados às suas funções específicas, brincando com seus FM, com suas linhas imaginárias, seus inimigos imaginários, e deixem aos civis a realidade de construir um país imenso e poderoso, mas — sobretudo — livre.

(3-5-1964)

Cipós para todos

O degradante espetáculo *revolucionário* que promoveram no estado do Rio, em breve será reeditado em outros lugares — é o que prometem os histéricos que estão por cima. O afastamento do sr. Badger Silveira foi um triste episódio: nunca se viu um pulha tão imenso e despudorado como o irmão daquele simpático rapaz queimado no helicóptero. Rastejou, bajulou, mentiu, chorou — fez tudo para agradar aos homens fortes da situação. Mereceu o que fizeram com ele.*

Mas nem por isso o que fizeram com ele foi decente. Nos primeiros momentos da quartelada, justificava-se o afastamento do governador: era homem comprometido com a situação que se desejava varrer do país. Mas os homens da quartelada voltaram atrás — o que foi um erro — e, um mês depois, insistiram em voltar atrás mais uma vez — o que foi outro erro.

Tantos erros serviram para evidenciar o apetite dos militares pelos cargos civis. Como os cipós são poucos, os gorilas amontoam-se nos cipós vagos. Em Niterói, três generais e um coronel ficaram pendurados num cipó apenas. E como os cipós são tênues,

* O governador do antigo estado do Rio, Badger Silveira, aderiu surpreendentemente ao Golpe de 1964. Suas raízes eram trabalhistas. Seu irmão, ex-governador do mesmo estado (Roberto Silveira), era uma das esperanças do PTB: jovem, decente, honesto. A atitude de Badger, ao apoiar as perseguições e a violência, pasmou seus próprios adversários. Mas nem assim foi poupado.

a prudência aconselhou a *eleição*, a fim de se ficar sabendo qual o gorila que seria o titular do cipó.

Os cipós são poucos e — para desespero dos militares — estão ocupados. O remédio então é desalojar os ocupantes de todos os cargos civis. Depois de Badger — um homem repugnante, é bom que o reafirme — estão pensando na Bahia. Depois da Bahia, Goiás. Onde houver cipó, não faltarão gorilas em volta, catucando os governadores. Em inglês, essa interessante operação tem um nome: *struggle for life*. Quem popularizou a expressão foi Darwin, homem que ficou na História por seus curiosos estudos a respeito das espécies, e, em especial, a espécie dos gorilas.

Se o sr. Badger era um homem desmoralizado, os que o derrubaram também ficaram desmoralizados. Um mês atrás, o seu afastamento teria — como teve — um motivo razoável. O sr. Badger estivera no comício do dia 13 de março, aceitara a pregação subversiva dos então governantes. Bem verdade que o general Jair Dantas Ribeiro também esteve naquele mesmo comício, no mesmo palanque, confraternizou com os mesmos Pelacanis, Pachecos e Rianis, aceitou placidamente o fato de o sr. João Goulart ameaçar o Congresso e exorbitar de suas funções legais ao assinar decretos-leis de pura demagogia. Ao sr. Jair Dantas Ribeiro nada aconteceu. A corda estouraria — como estourou — no lado paisano.

Mas voltemos ao sr. Badger. Em 1º de abril, a sua prisão teria razões respeitáveis. Agora, o seu afastamento deveu-se a um esboço de reação administrativa: o ex-governador recusou-se a nomear o protegido do comandante militar — e tal atitude foi julgada subversiva ao país.

Em situação análoga, estão todos os demais governadores. Em Minas, houve o açodamento de desmentirem uma reportagem que publicamos há dias. Denunciamos a pressão militar que estaria colocando o sr. Magalhães Pinto como virtual prisioneiro do general Guedes.

A nota oficial que nos mandaram como resposta foi idiota. Afirmaram — Mourão, Guedes e Magalhães — que estavam coesos em torno dos ideais da Revolução deles. Mas não desmentiram o estado policial instalado em Minas, as exigências e as prisões absurdas, a falta de autoridade do governador para sequer relaxar uma prisão do deputado. A nota oficial que os jornais publicaram no último domingo não só confirma o nosso noticiário como alarma ainda mais a nação: estar coeso com os ideais revolucionários significa estar o poder civil ostensivamente tutelado e fiscalizado pelo poder militar.

Até quando o sr. Magalhães Pinto poderá resistir, até quando o sr. Magalhães poderá manter sua dignidade e seu cargo — são problemas que só ele poderá resolver. De nossa parte, denunciando o que se passa em Belo Horizonte, tivemos a intenção de cooperar em sua libertação. E de homenagear o homem liberal e íntegro que foi o primeiro a, publicamente, se insurgir contra a antiga situação.

Por hoje chega. Aproveito este final de crônica para dar um recado às pessoas que me ameaçam, por carta ou por telefone: sou um homem desarmado, não tenho guarda-costas nem medo. Tenho, isso sim, uma obra literária que, bem ou mal, já me dá uma razoável sobrevivência. Esse o meu patrimônio, essa a minha arma. Qualquer violência que praticarem contra mim terá um responsável certo: general Costa e Silva, Ministério da Guerra, Rio — e, infelizmente — Brasil.

(5-5-1964)

A HERANÇA

Do dia 1º de abril até ontem, foram presas milhares de pessoas. Não sabemos os nomes, as profissões e os pensamentos dessas pessoas. Sabemos apenas que estão presas em algum lugar — ou em qualquer lugar. Pelas cartas que nos chegam, pelas informações que subitamente colhemos numa entrelinha de noticiário, sabemos que a maioria desses presos nem sequer foi interrogada ainda. Estão presos há mais de trinta dias, nem sequer sabem por que estão presos.

O drama dessa gente — infelizmente — é um assunto à parte. Tão perplexos quanto os presos estão alguns cidadãos que tiveram seus direitos e mandatos cassados: não lhes foi pedido um esclarecimento, uma declaração. Muitos deles — tal como os presos — perderam tudo e não sabem por que perderam tudo. Para citar alguns nomes: o professor Anísio Teixeira, o economista Celso Furtado, o jornalista Edmar Morel. Exagero quando digo que perderam tudo. Alguns já receberam propostas do estrangeiro para cargos honrosos.

Mas voltemos aos presos. João de Tal, pardo, 35 anos, metalúrgico, na manhã do dia 10 de abril chegou a seu local de trabalho e foi preso. Levado no tintureiro que ele viu lá no morro onde mora: no dia em que prenderam *Tião Medonho* e o retiraram, ferido, do barraco-fortaleza. Pois no mesmo tintureiro destinado aos criminosos, João de Tal é carregado pelas ruas da cidade e, de repente, jogado num pátio onde duzentos ou trezentos Joões de Tal estão vivendo a mesma tragédia.

João de Tal é homem. Suporta estoicamente o cimento frio do pátio, o fedor das secreções em volta, a comida incerta e deteriorada. Suporta até mesmo o espancamento esporádico que os policiais ou os militares promovem para "baixar o moral da rapaziada". João de Tal não sofre por isso nem com isso.

Sofre mais, porém. Deixou em algum lugar a família. Mulher, sei lá quantos filhos, talvez um agregado, que tanto pode ser um amigo tuberculoso, um papagaio, um cachorro ou um parente afastado de sua mulher. Na tarde do dia 10, toda essa gente esperou inutilmente pelo chefe da casa — daquilo que com algum esforço se pode chamar de casa. A noite caiu e caíram também a incerteza e a impotência: desastre do trem, acidente no trabalho, ou simplesmente a emboscada estúpida em qualquer biboca por aí.

Talvez alguém tenha mencionado a Polícia ou o Exército. João de Tal gostava do PTB: vira um candidato a vereador, há tempos, distribuir flâmulas do partido. Havia duas cores fatais: vermelho e negro. João de Tal entregou a alma e o corpo àquela flâmula rubro-negra. Pendurou-a em sua sala, ao lado da outra flâmula — flâmula não, pavilhão rubro-negro. Era a decoração e o orgulho da casa.

João de Tal não poderia ser preso por isso. Muita gente no morro também era PTB, era até comunista, e continuava solta, saía para o trabalho todos os dias e todos os dias inexoravelmente voltava.

Não foi preciso sindicar muito. Um vizinho trabalhava no Ministério da Educação. Não era doutor, era simplesmente ascensorista. Pois o ascensorista recebeu um papel para declarar o nome dos conhecidos que eram subversivos. O ascensorista perguntou a uma funcionária da biblioteca o que era subversivo, a funcionária respondeu firme: "É ser do PTB!"*

A delação foi feita e o ascensorista não sabe que ao lado de sua casa, por culpa na qual ele não chega a ter culpa, uma família inteira mais o agregado — talvez apenas um papagaio — esperam inutilmente que João de Tal volte com seus braços fortes para o sustento de todos. Com seus dentes brancos para o sorriso de todos.

Para atender a essa gente, a todos os Joões de Tal que não voltaram ou não voltarão um dia, espero merecer a atenção e o respeito de todos. É preciso que alguém faça alguma coisa. E já que não se pode mais pedir justiça, peço caridade.

(7-5-1964)

* Sobre isto, ver observação na página 82.

Um velho cabo de guerra*

Quando classifiquei a quartelada de 1º de abril como revolução de caranguejos, temi um exagero. Não faltariam pronunciamentos e promessas. O marechal Castelo Branco deu-se ao trabalho de desmentir uma frase minha, ao afirmar que a revolução não tinha os olhos presos no passado, mas no futuro. O ministro da Justiça também desmentiu categoricamente: não, não havia caranguejos em ação, iríamos todos para a frente, com ordem, justiça e paz.

Hoje, já ficamos sabendo que tanto o marechal Castelo Branco como o honrado ministro da Justiça não são os homens fortes da situação. Não mandam. São mandados. Já clamei contra a clandestinidade do poder atualmente instalado no país. E se é verdade que não há coragem de os mandantes virem a público, também é verdade que um caranguejo dificilmente consegue esconder suas muitas patas. Sempre aparece alguma, mal-encoberta, denunciando a frágil armadilha de areia.

Um desses caranguejos mostrou agora não uma, mas muitas patas. O também marechal — e também homem probo e honrado — Odílio Denys deitou falação. Seguramente, desde as bo-

* Ver, no Apêndice, o artigo de Márcio Moreira Alves, sob o título "Os velhos marechais".

bagens do almirante Pena Bôto que não surgem declarações tão retrógradas e tolas.

Emergindo de um ostracismo respeitável, o velho cabo de guerra procurou lavar todas as suas feridas. No fundo, talvez seja mais um caso pessoal que aproveitou os desmandos e as bobagens do governo João Goulart para uma reprise na vida pública. Afirmou o marechal, em substância, o que se segue: é a favor da eleição indireta do presidente da República; é contra a pluralidade dos partidos; não se deve mexer no campo; o Brasil deve romper relações com a URSS e Cuba; e — finalmente — o óbvio de uma concepção pervertida pela caserna: eleição tumultua a vida de um país.

A bastante enumeração de tantas asneiras estarreceria qualquer nação. Mas no Brasil de hoje qualquer fóssil pode dizer isso e tudo continua como dantes.

Não vou comentar os pontos de vista do — afinal — honrado marechal. Devo dizer, contudo, que tanta besteira junta deixa muito mal não apenas a inteligência pessoal do marechal, mas deixa mal todos os cursos militares que o marechal cursou, todas as missões que desempenhou, todas as medalhas que ganhou nos campos de batalha — se é que o marechal algum dia foi apanhado desprevenido em algum campo de batalha.

As declarações do marechal Denys põem a nu a única "mensagem" da quartelada de 1º de abril. "Não mexer no campo." Tudo está bem. Milhões de brasileiros ficarão à margem do processo nacional. Os privilégios continuarão em poucas mãos. Comunistas na cadeia. Eleições atrapalham. Direita, volver. Ordinário, marche.

Ninguém marchará. Ou melhor, todos marcharão para trás. O Brasil sairá disso tudo envergonhado moralmente e atrasado tecnicamente. Mas as paradas militares serão rutilantes e os imbecis babarão de prazer quando a bandeira nacional for hasteada não apenas nos postos de gasolina — como desejava um outro marechal —, mas nas barbearias, nos botequins e nos cemitérios, onde, cobertos de sevícias, os recalcitrantes dormirão para sempre.

Nota — Um jornal desta cidade divulgou numa coluna pessimamente redigida uma espécie de delação branca contra o meu amigo Otto Maria Carpeaux. Dizia a nota que Otto Maria Carpeaux tinha visitado na prisão um seu ex-patrão. A mentira é dupla. Nem Otto Maria visitou ninguém na prisão — quem há de? — nem Otto Maria tem ex-patrões presos. O intuito da nota era intrigar um brasileiro dos mais cultos com as autoridades que estão mandando. Os intrigantes de hoje merecem os governantes de hoje e vice-versa.

(*9-5-1964*)

A NECESSIDADE DAS PEDRAS

Passa o tempo e o Brasil não passa: fica encravado no mesmo lugar, transformado metade em quartel, metade em colégio interno de freiras, onde a delação é incentivada e premiada. Maior que os despautérios de qualquer governo, maior que qualquer imoralidade administrativa, maior que qualquer indecência ideológica é essa frente única da imbecilidade, quando a mediocridade faz as vezes da prudência, o medo faz as vezes de tática, e a falta de vergonha fica fazendo as vezes de desânimo.

Lembro uma frase de Bernanos sobre a Ocupação: a Alemanha passeara pela França e os adesistas esqueceram tudo para preservar um nada. Bernanos clamou contra a "solidariedade dos medíocres". Nada mais solidário do que a mediocridade. E é essa a inútil solidariedade de hoje, essa a agressiva mediocridade que se encafua ou foge, só porque meia dúzia de marechais quase decrépitos, iludindo a juventude e a nação, quer impor um retrocesso de séculos ao país. Mais: quer castrar uma geração inteira que agora chega à fase da responsabilidade, impedindo-a — pelo medo, pela violência e pela covardia — de lutar pelos seus ideais e pela sua mensagem.

Não sei, afinal, se imito Dom Quixote, Sancho Pança — ou se imito a mistura dos dois personificada naquele Tartarin vestido de turco. Mas imitando ou sendo original — não importa mais —

o fato é que me recuso à degola moral. Estudei toda a vida, construí um estilo de existência, estou escrevendo uma obra pela qual pretendo ser julgado um dia — e não vou sacrificar isso tudo porque um marechal desarquivou seu fuzil modelo 1918 e vem falar em patriotismo de caserna e em tranquilidade de bivaque. O que posso fazer, faço: berro contra isso.

Quem estiver nessa mesma situação que faça também o que seja possível. Se possível, faça o impossível. Cruzar os braços e fechar a boca pode ser cômodo, mas não será com os braços cruzados e as bocas fechadas que vamos fazer retornar aos quartéis os militares que se assanharam em invadir o país.

Já se fala em eleições indiretas — o que é uma forma direta de indiretamente anunciar que não haverá eleição. O Regulamento Disciplinar do Exército — RDE para os íntimos — substituirá perfeitamente a Constituição, o Direito, a Filosofia, a Sociologia e a Gramática. Não vou expurgar minha biblioteca para entronizar os manuais de campanha. Quem quiser que o faça.

Já é hora de unir. Toda a população civil — e o que ela representa — está ameaçada de ser a prima pobre de um país que ficará mais pobre com os militares no poder. Causa pasmo o fato de os lacerdistas — em todos os seus escalões — não terem percebido que a quartelada do 1° de abril conseguiu o que nem Gregório Fortunato conseguiu: amordaçar de vez o líder bem-amado. Talvez o sr. Carlos Lacerda, lá de longe, já tenha desconfiado disso, do golpe branco que sofreu sem perceber, até ajudando.

Os medíocres estão solidários. Qualquer que fosse a situação, quaisquer que fossem os vencedores, os medíocres estariam solidários: é uma qualidade estrutural da mediocridade.

Pois não estou solidário com nada disso. Nem com os vencedores, nem com os vencidos. Os vencedores porque são idiotas demais. Os vencidos porque estão acovardados. Quem não roubou — quem não pecou, em suma — atire a sua primeira pedra. Eu atiro a minha.

(10-5-1964)

Waterloo e o desconfiômetro

Temos evitado analisar em profundidade os subterrâneos da quartelada de 1º de abril. Fincamos pé numa atitude superficial: atacamos os homens e as instituições que afloraram com a violência e a idiotice. Insultamos sim, porque nos insultaram: a gorilização e a boçalidade imperantes são um insulto à nação inteira.

Gostaria de dispor de mais tempo e espaço para aprofundar minhas críticas. Mas as violências são tão repetidas, a prepotência de tal forma é continuada que acabamos tontos sem saber em quem atirar. Mas já é hora de uma ligeira pausa no ataque. E de um convite à reflexão. Gostaria de fazer sentir aos honrados militares que subiram ao Poder o papel de tolos que estão fazendo. Por trás das chamadas reivindicações morais das reservas também morais que aí estão, há os interesses confusos e amorais dos trustes internacionais e nacionais. São muitos ais para uma frase e uma pátria só.

Honra seja feita: a nenhuma cabeça decente deste país caberá pôr em dúvida a honestidade pessoal de um Castelo Branco, de um Denys, de um Costa e Silva. São homens probos, que chegaram ao fim de suas carreiras dignificados por uma vida exemplar.

Mas não basta ser honrado ou digno para se fugir ao inocente papel de joguete de interesses escusos. Bem-intencionados embora, estão os nossos marechais servindo aos apetites que voltam a se agrupar contra o Brasil, após uma fase de retraimento ditada pela consciência nacionalista que nem os desmandos do sr. João Goulart conseguiram estragar ou diminuir. Os mercados estão sendo reloteados após a nossa quartelada. E na imprensa norte-americana cessaram subitamente os ataques à ditadura de Stroessner. Para quem não é burro, tudo isso significa muita coisa.*

Lembro uma história que contei há tempos. Dominique Trizt, de quatro anos de idade, divertiu-se a tarde inteira jogando fora as joias de sua mãe e o dinheiro de seu pai. Do lado de fora, "um rapaz grande e engraçado" ia recolhendo as joias e o dinheiro. Até hoje a Polícia procura esse rapaz grande e engraçado que incentivou a inocente brincadeira de Dominique Trizt.

Nós conhecemos, de sobra, esses rapazes grandes e engraçados que se aproveitam de nossa ingenuidade e de nossos rompantes emocionais. Que exploram nossas crises domésticas. Têm nomes norte-americanos, franceses, ingleses, canadenses, italianos, alemães e japoneses.

E já que estamos com a mão na massa, vamos citar um outro exemplo, esse clássico: o do personagem de Stendhal que saiu ao mundo e, nos primeiros dias de sua peregrinação, entrou em um campo. Viu soldados passando e dois generais a cavalo, abatidos, os capotes cerrados sobre o pescoço. O camarada andou muito e, só anos depois, foi saber que havia presenciado a cena final de Waterloo. Os soldados que andavam, na realidade, recuavam. E os generais que passaram a seu lado eram dois nomes famosos: Ney e o próprio Napoleão. A falta de perspectiva fez com que o personagem ignorasse a História que estava se fazendo às suas barbas.

Nossos marechais de hoje têm muito desse personagem stendhaliano. Não possuem perspectivas da batalha que eles mesmos pensam estar promovendo. Não sabem que há um recuo eco-

* Ver, no Apêndice (p.185), o artigo "Um profeta", de Otto Maria Carpeaux.

nômico e moral. Não sabem que a retirada começou. Não sabem que estão arando num campo de derrota.

Não se pode cobrar tamanha lucidez aos marechais de 1º de abril. Mas aqui fica uma advertência: analisem detidamente o pano de fundo dessa revolução idiota. Liguem o desconfiômetro — se é que dispõem de algum desconfiômetro. E verão que estão fazendo o triste papel de cooperar com o leilão de mercados e produções — leilão anti-histórico, antinacional, anti-humano.

Enfim, cada soldado tem o Waterloo que merece. Ainda que esse Waterloo tenha o nome ridículo de 1º de abril.

(10-5-1964)

Judas, o dedo-duro*

De todas as violências e ilegalidades postas em prática pela quartelada de 1º de abril, a mais repugnante, a mais abjeta é a oficialização e santificação da delação. Não acreditei como totalmente verídica, no primeiro momento, a notícia de que o ministro da Educação teria institucionalizado tal crime em sua repartição. Mas era verdade. E não só verdade para o Ministério da Educação, como verdade para todo o aparelho político-militar que sufoca o país. No governo da Guanabara, em outros governos, no IAPC, nos demais institutos, na cidade e no país a delação foi guindada a mérito, com direito a recompensa.

Perde-se, assim, a sensibilidade moral. Delatar um colega de trabalho, apontá-lo aos algozes de hoje porque ele pensa diferente de nós — não é ato digno de um homem. A oficialização da delação é arma predileta e inseparável dos regimes de força. Quem melhor se utilizou dela foram nomes recentes para o nosso repúdio: Hitler, Mussolini, Stalin.

O leitor que me lê talvez tenha em mão um questionário com a pergunta: "conhece alguém com ideias subversivas?" Sabemos do clima reinante nas repartições do Estado e da União, cada qual temeroso de ser acusado pelo outro. É o Terror.

---

* Esta crônica me foi sugerida por Ferreira Gullar, que escreveu um esboço dela, no qual adaptei o meu estilo e o meu espaço no *Correio da Manhã*.

Mas é preciso que haja resistência. Os inquisidores irão embora, a inquisição passará. Mas ninguém esquecerá o delator, ninguém perdoará a delação. Lembro o símbolo universal da Traição: Judas.

Judas, esse que a tradição nos ensina a malhar todos os anos, foi o dedo-duro que delatou seu Mestre e Redentor. Judas é bem o padroeiro de todos os dedos-duros que estão funcionando por aí. Há senhoras piedosas que consideram esta quartelada um movimento cristão. Mas um movimento feito sob o patrocínio de Judas não pode ser cristão. É anticristão. Não tem as bênçãos do Mestre. Tem a baba do Traidor.

Na União Soviética, houve um crime que horrorizou o Ocidente: o filho que delatou o pai. O filho virou estátua. Pois aqui mesmo, neste Brasil cristão, tivemos um fato análogo: a "Mãe do Ano" escolhida por um jornal foi uma senhora que, diante dos filhos, delatou vizinhos e amigos. No estado do Rio, houve caso mais bárbaro: o pai delatou o filho.

Não podemos consentir que meia dúzia de fanáticos, que uma dúzia de histéricos, que duas dúzias de boçais deformem e violentem a nação e o caráter de nosso povo. Que ninguém delate ninguém. Afinal, sábado de aleluia vem inexoravelmente todos os anos. E há postes bastantes para se pendurar os Judas.

Retifico dois erros.

Citei desastradamente, em crônica passada, "Gregório da Fonseca" em lugar de "Gregório Fortunato". Erro imperdoável, que só a confusão e a pressa justificariam, embora não dessem para merecer o perdão. Mesmo assim, peço o perdão. Além desse erro, cometi outro: citei uma bibliotecária como delatora. Foi um exemplo apenas, sem que com isso pretendesse ferir a classe. Afinal, poderia citar, para o exemplo, uma telefonista, um ascensorista, um dentista ou uma escriturária. Foi coisa impessoal, genérica, hipotética.

E outra retificação. Pessoa chegada ao marechal Osvino Alves me afiançou que o ex-presidente da Petrobras jamais mandou hastear a bandeira nacional nos postos de gasolina. Incorri no equívoco levado por notícias que foram divulgadas em outros jornais.

(14-5-1964)

Cuba

Disse, há dias, que a quartelada de 1º de abril transformara o Brasil: metade em quartel, metade em colégio interno de meninas. A primeira metade não precisa ser provada: é óbvia. E a segunda parte aí está: trocamos de mal com Cuba.

Afiançam os homens que subiram ao Poder que o Brasil, dessa vez, vai. Mas vai — e já está indo — é para a cucuia. Até agora só foram tomadas medidas moralizadoras, pretensamente moralizadoras, aliás. Cassaram mandatos — e com isso julgaram que o Congresso melhorou e trabalhará melhor e mais. Suspenderam direitos políticos, prenderam, perseguiram, seviciaram. Promovem acusações infamantes sem dar aos acusados o direito de defesa ou de contraprova — e chamam a isso, idiotamente, de "limpeza do terreno".

Plano de governo, uma estrutura econômica, uma planificação administrativa, uma filosofia de política externa — nessas coisas ninguém pensou. Governarão o país como se comanda um quartel ou um batalhão. Em havendo ordem unida, alvorada a tantas horas, limpeza do material, ordens do dia e — para alegrar o povo — paradas de vez em quando, tudo vai bem.

A quartelada já cometeu muitas bobagens, mas a maior bobagem — e a mais inútil, por sinal — foi esse rompimento com Cuba.

Não tenho dúvidas em considerar tal atitude como uma prova de sabujice nacional diante dos Estados Unidos. Fazemos o jogo, não da parte sadia da grande nação do Norte, mas de sua parte corrupta e retrógrada, de sua parte mais sanguinária e cruel. Todos sabemos que o problema cubano é, para os Estados Unidos, um elemento precioso para a manutenção e solidificação de um Estado militarista. Afinal de contas, Cuba é muito pequena para inquietar o monstro tecnológico e econômico que a rodeia. Mas o monstro tem problemas internos. Precisa da complacência do Congresso e do apoio da opinião pública para consumir bilhões e bilhões de dólares na lubrificação de seu "complexo industrial-militar" — para usarmos a expressão lançada por Eisenhower. Há que haver a permanente mobilização de recursos — do sangue de toda uma sociedade — para alimentar o Moloch insaciável que pede ferro, fogo e carne.

Cuba — para a parte mais podre dos Estados Unidos — é um belo pretexto, embora não seja o único pretexto. Mas para nós, que não temos nenhum Monstro a alimentar, que nada temos com os graves problemas industriais do capitalismo norte-americano, entramos solenemente de gaiatos numa briga alheia. Há, na Ilha, um regime de força, mas há regimes de força em Portugal, no Paraguai, na Espanha — e nossos generais ganham toneladas de condecorações desses tiranos que também mataram e também violentam o povo.

Enfim, chegamos ao rompimento por culpa exclusiva da bajulação de nossos generais e políticos ao poder econômico de um país imperialista. Se Kennedy vivo fosse — é o que todo mundo já começa a sentir —, a nossa história estaria sendo escrita de outro modo. Kennedy era suficientemente forte para desprezar esse tipo de "apoio" moral. E não teria a sofreguidão de reconhecer a nossa quartelada como um governo legítimo.

Não se pode comentar ou fazer a História na base do *se*. Faz-se um poema, mas não uma análise. Fica, pois, para todos nós, a certeza de que o Brasil, após enveredar pelo caminho sórdido da perseguição interna, envereda agora pelo imenso caminho da estupidez externa. Caminho imenso — repito — que poderá conduzir a nação a um ridículo irreparável e que desde já envergonha e envilece os seus responsáveis.

(*16-5-1964*)

Até quando?

Há uma pergunta nova na cidade e no país: "até quando?" Podíamos lembrar que a pergunta não é tão nova assim: quem estudou latim — e mesmo quem nunca estudou nada — talvez conheça aquela célebre imprecação de Cícero. Mas além das imprecações e de Cícero há a pergunta, que não chega a ser uma imprecação, mas uma queixa, uma amargura funda no coração de um povo que não sabe odiar e não entende o ódio. Até quando?

Esposas de militares presos vieram me procurar. Centenas de cartas venho recebendo, contendo a mesma indagação: até quando? Os oficiais da Aeronáutica, detidos em um dos navios-prisão, já foram interrogados. Antes mesmo de serem interrogados, foram julgados e punidos: perderam seus direitos políticos e foram reformados. A aberração jurídica já foi perpetrada. A violentação moral já foi consumada. Pergunto: o que esperam perpetrar ainda, o que pretendem violentar ainda?

Os interrogatórios — ao que consta — são os mais estúpidos possíveis. Perguntam coisas absurdas e que nada têm a ver com a formação de uma possível culpa. Aliás, é a lei do lobo que impera em tais interrogatórios. Esopo lançou as bases eternas dessa arguição: "Foi você, se não foi você, foi o seu pai, e sendo ou não sendo você ou seu pai, eu sou o lobo e tenho o direito de comer o que me apetece — haja ou não motivos para isso. A minha fome e a minha força são motivos bastantes. E basta." Não me lembro mais como a fábula começa em grego, mas em latim a história tem um belo introito: "*Ad rivum eundem lupus et agnus venerant.*"

Sabe-se que os lobos de hoje foram ovelhas há tempos. Homens que um dia se revoltaram, levados por ideal, interesse ou simples tara, estão hoje na posição de lobos. E são inclementes. O general Taurino de Resende, que preside à Comissão Geral de Investigações, já deu ordens para que os presos recebessem visitas. Mas, em São Paulo, um tal Veloso diz que quem manda ali é ele e os presos continuam sem visita. A quartelada — é óbvio — já conseguiu realizar o que nenhum inimigo externo ou interno do Brasil conseguiu fazer em quatro séculos: desmembrou o país, violou a nossa unidade. Já não há um Brasil do marechal Castelo Branco. Há os Brasis dos Velosos, dos Borges, dos Guedes. Como na velha China, cada general ou coronel cria e mantém seu próprio mandarinato. E já não é a lei do lobo: é a lei do cão que impera. Cada qual faz o que bem entende. Em Belo Horizonte, apesar da meridiana afirmação do marechal Castelo Branco de que o Comando Revolucionário era ele — e somente ele —, os militares continuam interrogando padres e freiras. Onde estamos? (É outra frase de Cícero, por sinal.)

Voltemos aos presos. Presos que já foram punidos sumariamente, através das reformas forçadas, dos direitos cassados. Presos que continuam sendo punidos como se fossem criminosos de alta periculosidade: estão longe das famílias, dos amigos. Em algumas prisões — não em todas —, a situação é anormal: promovem humilhações diárias. Alguns oficiais do Exército, presos recentemente, ao chegarem a um navio-prisão foram obrigados a ficar nus diante de soldados armados. Para quê? Para contentar as "mães de famílias" que foram à "Marcha com Deus pela Família"?

Caberia aqui outra imprecação de Cícero, mas paremos por hoje. Faço coro com os milhares e milhares de esposas, filhos, mães e amigos de prisioneiros que já desesperaram de entender o que está-se passando. Só o ódio, só a estupidez justificaria o prolongamento de uma situação assim. E é justamente esse ódio, é essa estupidez que nos recusamos a aceitar. Por isso, vale a pena a mesma pergunta, embora com outro sentido — até quando?

(19-5-1964)

Mera coincidência

Encontro em jornal antigo uma espécie de entrevista com um viajante recém-chegado da União Soviética. O regime lá pelas bandas euro-asiáticas era duro: o Pai Amado Joseph Stalin detinha o poder e a glória. E o povo, em linhas gerais, comia o pão que o diabo e o regime comunista estavam amassando.

Pois o cidadão recém-chegado deitou falação a um vespertino. Leio-lhe as estupefações e as iras. Resumo em algumas linhas o seu veemente libelo contra a União Soviética:

"A pior coisa da Rússia, após a Revolução, é que não se sabe ao certo quem está mandando." (Esclareço: a Revolução citada não é a nossa doméstica quartelada de 1º de abril.)

"Não há tranquilidade no povo. Todos temem, de uma hora para outra, serem presos e interrogados pela Polícia ou pelo Exército Vermelho. O pior é que muitas vezes o cidadão é *convidado* a ir à Polícia para um mero depoimento, ou uma insignificante formalidade, e desaparece para o resto da vida. Nem a família nem a própria Polícia conseguirão localizar o depoente.

"Também não há alegria nas ruas. O povo continua trabalhando, normalmente, mas há alguma coisa no ar, uma insatisfação. Não são permitidos os desabafos, nem os públicos, nem os privados. Os públicos não são permitidos porque não há comícios. E os privados, por causa das delações.

"A principal e mais repelente característica do regime bolchevista é a delação, elevada pelo governo à categoria de serviço ao Estado e à Causa. Nas repartições do governo, quem delata um reacionário, ou um perigoso contrarrevolucionário, tem direito automático a uma promoção e a um período de férias. Qualquer delação é bem-aceita pela Polícia. E, mais cedo ou mais tarde, o delatado acaba pagando.

"E há, na Rússia, o curioso processo do expurgo. Em princípio, o expurgo foi criado para *limpar o terreno* da velha e decadente sociedade tzarista. Mais tarde foi institucionalizado. Qualquer funcionário categorizado pode ser expurgado sumariamente. Em geral, um comissário do povo recebe a ajuda de um vice-comissário do povo. Depois de alguns meses, o vice-comissário prepara um dossiê secreto contra o titular. Encaminhado o dossiê à Polícia, o titular vai parar na Sibéria ou no inferno e o vice-comissário se transforma em comissário, até que o governo lhe nomeia, *para ajudar*, um outro vice-comissário. É um círculo vicioso.

"Há uma aparente liberdade religiosa, desde que os padres e os crentes se limitem exclusivamente ao culto. Qualquer pronunciamento a favor da liberdade ou contra a opressão é considerado *pronunciamento político* e o padre ou o crente são punidos. A Sibéria está cheia deles.

"Ao contrário do que se pensa no Ocidente, na Rússia o operário não tem vez. Trabalha como um escravo, sem quase direito a nada. Mesmo assim o governo fala em aumentar as horas de trabalho e em abolir alguns privilégios burgueses. Mas os militares gozam de todos os privilégios. A disparidade entre um soldo militar e um salário civil é gritante. Um sargento ganha mais do que um professor, um tenente ganha mais do que um médico.

"Enfim, a chamada União Soviética não é união. É um imenso território subdividido em zonas de influência, onde as castas de militares e funcionários dos sovietes locais mandam e desmandam em regime feudal ainda. Para contrabalançar, o presidente da República é um belo sujeito, mas não manda nada. Quem manda é Stalin, que, por sua vez, é mais uma sigla do que um homem. Por trás de Stalin, há quadrilhas clandestinas que usam e abusam do poder para oprimir o povo e para se locupletarem de privilégios." (Esta parte final, aliás, foi confirmada pelo chamado *relatório Kruchev*, no XX Congresso do PCUS.)

A entrevista do visitante acaba aí. Há uma foto do dito cujo, amarelecida pelo recorte de jornal que me enviaram. O título da entrevista é à antiga: "Visitante regressa da Rússia horrorizado com o stalinismo." E, como nos jornais de antigamente, há o subtítulo: "Espantosas revelações do sr. X a propósito de sua recente estada no país das estepes."

País das estepes! O camarada foi tão longe para ver uma coisa que poderia estar vendo agora, sem sair de casa e sem correr os riscos das emboscadas tártaras nas frias estepes.

(21-5-1964)

Da coisa provecta

Esta quartelada que por aí anda exaltada em bocas antes tão ordeiras e constitucionalistas tem vários aspectos curiosos e sórdidos, e um deles é precisamente o de se intitular "revolução".* Pode-se aceitar a denominação, tal como se aceita a metamorfose nominal das prostitutas e das dançarinas de cabaré, onde as Marias Franciscas viram Brigites e as Sebastianas das Dores viram Marylins.

Chamar a quartelada de revolução não chega a ser, porém, uma alteração nominal. É uma simples e péssima metáfora.

Mas a idade resiste às metáforas. Basta a leitura da entrevista do honrado marechal Odílio Denys para termos, em sua crueza, a real idade desse movimento. Publicou-se também o retrato do honrado marechal, em pose hirta, como uma fotografia de antepassado. Levado pelo retrato para um tempo remoto, comecei a ler a entrevista como se lesse uma peça histórica, um depoimento, ignoto ainda, da Guerra de Canudos ou da Revolução Praieira.

Aliás, todos os líderes da situação são homens velhos. Que idade terá o doutor Ademar de Barros? Castelo Branco, Mourão Filho, Costa e Silva são homens de sessenta anos para mais. No meio dessa gente, o próprio Magalhães Pinto, glabro, surge como

* Ver, no Apêndice (p. 190), o artigo de Edmundo Moniz, "Golpe e revolução".

um adolescente que precisa ser tutelado. E Carlos Lacerda, o mais novo de todos, mas já cinquentão, foi mandado à Europa para amadurecer e entrar no ponto.

Não se veja nessas considerações qualquer menosprezo pela velhice. Pelo contrário. Sempre fui acérrimo defensor da compulsória e da aposentadoria, certo estou de que os velhinhos merecem de todos nós, não apenas respeito e consideração, como assistência material e espiritual.

E foi depois de todas essas observações e digressões que me convenci de que a quartelada de 1º de abril, com todos os seus compreensíveis e incompreensíveis subterfúgios, merece pelo menos a paciência que dispensamos às pessoas idosas. Trata-se de uma coisa provecta.

E ficam assim muitas coisas explicadas. Explica-se por que pessoas antes tão comedidas hoje se intitulam santamente de *revolucionárias* — qualificação que até há pouco evocava-nos as figuras de Danton, Bolívar, Tiradentes, Byron ou Malraux. Por que os jornais conservadores, defensores indormidos da ordem vigente e da Constituição, não dormiram no ponto e bandearam-se à sagrada subversão dos caranguejos. E por que quase toda a nova geração de deputados e líderes brasileiros (dos trinta aos quarenta anos) foi expulsa da vida política e está na cadeia ou no exílio. O Brasil agora é dos velhos, dos homens nostálgicos do *ancien régime*, que consideram subversão o fato de o trabalhador ter direito às férias, a um salário decente, a uma aposentadoria, a uma relativa liberdade.

Mas além da provectude há também a decrepitude. A provectude é, no fundo, respeitável. Mas a decrepitude é vil. Daí, a retificação: não é uma revolução provecta. É uma revolução decrépita.

A hora dos intelectuais*

Acredito que é chegada a hora de os intelectuais tomarem posição em face do regime opressor que se instalou no país. Digo isso como um alerta e um estímulo aos que têm sobre os ombros a responsabilidade de serem a *consciência da sociedade*. E se, diante de tantos crimes contra a pessoa humana e contra a cultura, os intelectuais brasileiros não moverem um dedo, estarão simplesmente abdicando de sua responsabilidade, estarão traindo o seu papel social e estarão dando uma demonstração internacional de mediocridade moral.

De fato, já nada falta para que os homens conscientes deste país se revoltem e se pronunciem. A violência, que começou contra os responsáveis diretos pelos desmandos do governo anterior, abrangeu depois milhares de operários, militares e funcionários. Dos responsáveis diretos, passaram os esbirros a prender os responsáveis indiretos, os suspeitos de simpatia ou de conivência. E assim estão sendo presos ou perseguidos — sacerdotes, professores, estudantes, jornalistas, artistas, economistas — todos os escalões da vida nacional. Os cárceres continuam cheios, e, sem falar nas abomináveis cassações de mandatos, novas prisões são feitas, todos os dias.

* Com a exceção do parágrafo final, esta crônica foi sugerida e quase totalmente escrita por Ferreira Gullar.

No campo estritamente cultural implantou-se o Terror. Reitores são substituídos por ordem de militares. Professores são destituídos de suas cátedras e presos. O pânico se generalizou por todas as classes e por todas as cidades. A qualquer hora pode bater um policial à sua porta e levá-lo — sabem Deus e a Polícia para onde. Vejam o caso da pintora Djanira, pessoa terna, inofensiva: é detida e levada para o xadrez em *consequência de uma denúncia* ao delegado de Meriti. O opróbrio cobre-se de voluntário ridículo!

Em São Paulo, em Minas, Pernambuco, Rio Grande do Sul, centenas de escritores, professores, advogados e jornalistas estão na cadeia. Jornais, estações de rádio e televisão, pelo país afora, trabalham sob censura disfarçada ou ostensiva. Alguns jornais, da chamada *grande imprensa*, pregam abertamente o fechamento do Congresso, pedem que os militares se tornem mais gorilas ainda, exigem que a violência seja redobrada.

Esse é, em linhas gerais, o panorama brasileiro do momento. Alguns setores do governo falam no restabelecimento da ordem jurídica e dos direitos democráticos. Mas são palavras que já nem servem para arrefecer a revolta e o pânico que se alastra pelo país. Ao lado desses pronunciamentos *tranquilizadores*, os jornais publicam as novas listas de cassados, de perseguidos, de presos. E a cada momento a ditadura militar se torna mais evidente e cruel.

Os intelectuais brasileiros precisam, urgente e inadiavelmente, mostrar um pouco mais de coragem e de vergonha. Se os intelectuais não se dispuserem a lutar agora — talvez muito em breve não tenham mais o que defender.

(23-5-1964)

Os anônimos

O volume de cartas, nestes últimos dias, é grande. Não posso responder a todos: fugiria das finalidades que me impus, e, sobretudo, precisaria me transformar numa espécie de consultório cívico-sentimental-político. Mas há alguns problemas comuns em todas as cartas: a situação dos presos, a estupidez dos critérios que levam a Polícia ou o Exército a prenderem determinadas pessoas ou grupos.

Uma leitora do Leblon faz a exposição de seu drama: o pai está preso desde os primeiros dias de abril. Foi levado a um estabelecimento militar, onde, para baixarem o moral dos detidos, são promovidas rajadas de metralhadoras. Cessado o barulho, um oficial comunica, em voz alta, que o fuzilamento do dia acabou.

Como se não bastasse a brincadeira boçal, há coisa mais grave ainda: misturam *Pervitin* na comida dos presos. Homens forçados à imobilidade, em cubículos estreitos, são condenados à insônia e à superexcitação. Causa espanto que tanta molecagem seja praticada em nome dos sagrados postulados cristãos, para espiritual deleite das mães que promovem marchas com Deus pelas famílias.

Divulgo a sua denúncia não tanto para estarrecer os leitores nem para condenar os culpados. Acredito que os responsáveis são insensíveis demais para se sentirem condenados. E, o que é pior, numa hora dessas somos todos culpados pelo que está acontecendo. Centenas e centenas de casos semelhantes estão ocorrendo agora, neste momento, em todo o território nacional. E já nem sabemos, ao certo, quem é culpado de quê. Uma onda de loucura e violência desencadeou os piores instintos em todos nós. Transformamo-nos um pouco em Sodoma e Gomorra cívicas e não sei se alguém encontrará um justo entre nós, que mereça a exceção e a complacência dos deuses.

Outro caso: uma das filhas do almirante Aragão veio me procurar. Ela aceitava, com resignação, o que estava ocorrendo com seu pai, um homem que entrara de corpo e alma numa luta. O que ela não compreendia, o que ela se recusava a compreender, era a prisão de seu irmão, Dilson, preso sob acusações vagas e irresponsáveis.

Não posso nem devo me prolongar em assuntos pessoais. Gostaria, no entanto, de dar uma breve explicação a alguns amigos que ficaram ofendidos com uma crônica recente, intitulada "A hora dos intelectuais". Afirmaram eles que eu generalizara, que muitos escritores, jornalistas, advogados, médicos etc. estavam trabalhando, se agrupando, retomando contatos. Não dispunham eles de uma janela onde pudessem gritar, mas em silêncio, e com eficiência, trabalhavam no mesmo sentido que eu, e até com mais profundidade e mérito.

Realmente, sei de muitos intelectuais que estão trabalhando. Alguns chegam a se arriscar, enfrentando a hora adversa. Homens de que muito me orgulho: são meus amigos. Ficam esses esclarecimentos e o humilde pedido de perdão.

Mas a finalidade da crônica foi — bem ou mal — atingida. Ainda que não me compreendam, pouco importa. Eu compreendo, e basta.

(24-5-1964)

A estupidez dos prebostes

Não tenho procuração para defender ninguém. Mas não preciso de um papel selado em cartório para denunciar a estupidez e a covardia. Com esse introito, vamos ao assunto: os cheques que uma Comissão descobriu na Caixa Econômica, comprometendo a mulher do sr. João Goulart. A denúncia foi, ao mesmo tempo, estúpida e covarde.

Estúpida porque primária. Tratava-se de cheques nominais. Estúpida porque, para roubar, para se encher de dinheiro, a mulher de um presidente da República não seria idiota ao ponto de deixar recibos e papéis comprometedores. Os grandes ladrões públicos não deixam rastros — e se o governo do sr. João Goulart foi o oceano de corrupção que os *revolucionários* apregoam, não seria preciso à mulher do grande corrupto usar de recursos mesquinhos para arranjar cinco ou dez mil cruzeiros.*

Covarde também. A chamada Revolução até agora não provou um grande escândalo do governo deposto. Tirante a geral avacalhação do Poder, o caos administrativo, a pusilanimidade e o despreparo do sr. João Goulart, a influência de carreiristas da pior extração na vida pública — nada foi provado, realmente, que desabone pessoalmente o sr. João Goulart. Dona Sandra Cavalcanti,

* Moeda da época.

nos primeiros dias de revolução, chegou a mostrar pela tevê recibos de 112 cruzeiros: era a prova dos grandes escândalos.

Isoladamente, como em todas as administrações, apareceram deslizes diversos: tráfico de influências, empreguismo desenfreado em alguns setores, esbanjamento em outros — mas os grandes negócios, as polpudas comissões, enfim, a bandalheira grossa que afirmavam sobrenadar no país —, nada disso, até agora pelo menos, veio a público.

Os dedos-duros, os prebostes do 1º de abril estão perdendo tempo e dignidade. Fazer escândalo com dois cheques nominais, de quantias relativamente modestas, não causa efeito a não ser nas histéricas mães de família que promovem marchas com Deus.

Nada, porém, como um mergulho no passado. Em 1955, um grupo de militares depôs um governo constitucional. A alegação do golpe foi quase a mesma de hoje: corrupção e conspiração contra o regime. Pois nos primeiros dias que se seguiram à quartelada de novembro de 1955, acharam e divulgaram listas de homens que deveriam ser fuzilados. O ex-deputado Meneses Côrtes foi acusado de estar construindo um campo de concentração em Olaria e em São Cristóvão. Apareceram recibos de ministros de Estado que haviam se vendido ao capital norte-americano e a outros grupos internacionais. Enfim, os que depuseram o governo de então não eram melhores nem piores do que os de agora: eram os mesmos.

A eficiência da estupidez reside na covardia — na própria e na alheia. Mas nem todos são covardes. Dona Yara Vargas desmanchou o equívoco provocado pelos prebostes. Uma atitude digna, brava, que merece respeito e aplauso.

Se todos assumissem a mesma posição, se todos reagissem, a quartelada de 1º de abril entraria em recesso e no cano. Lembro, a propósito, o caso da carta dos chineses, comprometendo pessoas que não podem se defender. O intuito da carta é claro e estúpido também: vincular a revolta dos sargentos, em Brasília, à linha dura do comunismo. E, de lambugem, incriminar pessoas como o deputado Max da Costa Santos e o sargento Prestes numa conspiração internacional. Isso tudo sem se dar o mínimo direito de defesa aos acusados.

Por tradição, não creio nos documentos apresentados pela Polícia. Se o coronel Gustavo Borges me mostrasse um documento provando que eu nasci, duvidaria do meu próprio nascimento. Dito isto, acho que estou sendo claro.

(26-5-1964)

A afronta e o latrocínio

Foi um espetáculo deprimente a entrevista do honrado ministro da Guerra em São Paulo. Metade cômico, metade infantil, e integralmente agramatical, o nobre senhor Costa e Silva fez um *striptease* mental, cívico e político que deixa muito mal a chamada Revolução. As fotografias e mapas exibidos, documentos esses considerados subversivos e dramáticos, limitaram-se a clichês razoavelmente antigos, já publicados em jornais e revistas. Ficamos sabendo que, em quase sessenta dias de Terror, o Comando Militar conseguiu documentar o óbvio: aquilo que todos sabíamos, víamos e líamos nos jornais e nas televisões.

Mas a parte documental ocupou breve espaço na fala ministerial. O homem submeteu-se — honradamente, é bom que o diga, para justiça do general — a um interrogatório. "Afrontou" os inquisidores, como ele mesmo disse, quando desejava dizer simplesmente que "enfrentava" os inquisidores. Com o farto material fornecido pelo general Costa e Silva eu poderia escrever dias e dias sobre as ingenuidades políticas, as tolices ideológicas e a nenhuma cultura do nobre líder revolucionário. Mas prefiro responder à parte que diretamente me tocou: a da liberdade da cultura e da minha liberdade pessoal.

Disse o general que as academias e as faculdades estão funcionando. No regime hitlerista, no regime fascista, na URSS de

Stalin, em Portugal, na Espanha, as academias e faculdades também funcionaram e funcionam: os tiranos chegam até a ser admitidos nas academias e recebem grau *honoris causa* das faculdades. Porque o terror ideológico não é formal: é substancial. O pânico gera a covardia e os tiranos acabam sendo aceitos, tolerados ou endeusados. Não me causará surpresa se o general Costa e Silva ou o seu colega Mourão forem homenageados ou admitidos em academias ou em faculdades. O estado policial-militar faz dessas coisas. Napoleão chegou a pertencer ao Instituto de França — e era Napoleão.

Pergunto se há liberdade de cultura sociológica. Pergunto se há liberdade, mas liberdade *mesmo*, de todos dizerem o que pensam. Para responder talvez inconscientemente a essas perguntas, o general argumentou com aquilo que me pareceu uma alusão pessoal: "Há um cronista que diariamente — são palavras suas — destila peçonha sobre a minha cabeça." E acrescentou o general: "E esse homem está em liberdade, e enquanto eu sou ministro da Guerra ele é um simples cronista."

Bom, minha liberdade independe do favor do honrado ministro da Guerra. Sou livre e serei livre sem depender de ninguém, muito menos de um homem que é capaz de confundir latrocínio com laticínio. Minha liberdade física não pode ser violentada: não sou criminoso, não tive nenhum vínculo com qualquer governo, não fiz subversão — e minha liberdade não é fruto de uma ação generosa do sr. Costa e Silva. Qualquer violência praticada contra a minha pessoa só teria uma razão: o ter denunciado a nudez do rei. Até agora, a justificação para a violência tem sido a existência de crimes passados. Pois o meu *crime* é atual: desde 1º de abril venho cometendo esse crime. Mas o sr. Costa e Silva sabe que, sobre a cabeça do insignificante cronista, pesa alguma coisa. Citei Napoleão e poderia citar Talleyrand: a violência não seria um crime, seria uma tolice.

Quanto ao valor que o general dá a seu próprio cargo, saiba: dou muito mais valor à minha própria pessoa. Eu tenho uma obra, sr. ministro, que por algum tempo será discutida, lembrada, amada ou odiada. Mas tenho. E que é que o sr. tem, além da farda que as traças roem?

Enfim, o pronunciamento do ministro da Guerra teve um mérito: revelou publicamente o despreparo do grupo, poderoso em armas e débil em ideias, que tomou conta do governo e já não sabe o que fazer com o próprio governo.

Numa palavra: vimos um homem honrado, sincero, desprovido de qualquer malícia, um homem puro, dar um vexame público. Acreditamos que o general Costa e Silva precisa de melhores e mais hábeis conselheiros.

(28-5-1964)

Ainda os intelectuais

Recebi do poeta e amigo Geir Campos a seguinte carta:

"Caro Cony:

"Acabo de ler sua crônica de hoje, sábado, sobre o que lhe parece *A hora dos intelectuais* tomarem posição em face do regime opressor que se instalou no país — quando, segundo suas palavras ainda, o pânico se generalizou por todas as classes e por todas as cidades, e os jornais e estações de rádio ou televisão trabalham sob censura disfarçada ou ostensiva (detalhe que bastaria, aliás, para reduzir ou anular qualquer esboço de pronunciamento eficaz da intelectualidade).

"Imagino que o seu apelo a uma tomada de posição deveria dirigir-se sobretudo a entidades de classe dos intelectuais — a União Brasileira de Escritores (que tem ramificações em vários estados), o PEN Clube do Brasil (que tem congêneres em vários países estrangeiros), para não falar na Academia Brasileira de Letras, a qual sempre fez questão de convivência pacífica com quaisquer regimes políticos, e no Comando dos Trabalhadores Intelectuais, em cujos quadros as defecções já começaram e ninguém sabe até onde irão, por motivos óbvios: o CTI foi criado com propósitos duradouros, mas numa fase em que política era a crise mais sentida no Brasil e ele, por isso mesmo, não teve tempo de afirmar-se a não ser no sentido político de luta pelas liberdades democráticas e pelas reformas que o próprio Comando Revolucionário e o atual governo da República reconhecem e proclamam como necessárias. No tocante a apreensão de livros, por sua vez, o direito — se não a obrigação de um pronunciamento — caberia antes ao Sindicato Nacional dos Editores de Livros, à Câmara Brasileira do Livro ou à Associação Brasileira do Livro.

"A não ser por intermédio de órgãos de classe, como os citados, alguns intelectuais que porventura dispõem de meios de comunicação com o público — como um Alceu Amoroso Lima, um Antônio Callado, um Danton Jobim, e raros outros — têm mantido acesa a chama da liberdade, diante das trevas do obscurantismo que ameaçam envolver o Brasil todo, inclusive isso que você menciona como 'a consciência da sociedade', ou seja, a sua reserva intelectual. Se a voz dos intelectuais está agora sem meios de fazer-se ouvir, há de ser justamente, prolongando aquela imagem, porque em certos momentos a sociedade tem a pretensão de agir sem a consciência; o resultado de tais inconsciências encontra-se registrado na História de todos os povos, em várias épocas de violência e preconceito. Assim também os descaminhos e abusos do atual regime brasileiro ficarão registrados, e deles a História do Brasil pedirá contas aos responsáveis.

"Por outro lado, como você lembra em sua crônica de hoje, alguns setores do governo falam no restabelecimento da ordem jurídica e dos direitos democráticos — e por isso o Brasil todo está esperando, mesmo para poder trabalhar e progredir sem sobressaltos, ainda mais quando a Revolução de 1º de abril foi anunciada e garantida 'com Deus pela Democracia'; e injustiças, praticadas em nome da Revolução, não parecem de boa inspiração divina e democrática, há de ser porque seus mentores não sabem do que os prosélitos e aderentes estão fazendo em detrimento dos ideais revolucionários. Também creio que já era tempo de o presidente da República e seu Ministério, que oficialmente extinguiram e substituíram o Comando Revolucionário, assumirem com efeito as rédeas do poder, evitando que tantas arbitrariedades de caráter estadual, municipal e até individual fossem cometidas em seu nome; mas esse é um problema dos vencedores, que só a eles cabe resolver de olhos abertos para o futuro — que os poderá consagrar como grandes homens ou nem tomar conhecimento deles.

"Aceite um abraço do seu admirador e amigo

"Geir Campos"

Aí está, Geir, a sua carta. Publico-a com prazer. Caberiam talvez algumas explicações minhas, mas o momento não é oportuno para isso. Um dia, quando o pesadelo passar — se passar mesmo —, voltaremos ao assunto.

(30-5-1964)

Missa de segundo mês

Celebrei, pontual e amargamente, a missa de trigésimo dia da chamada revolução de 1º de abril. Isso foi há tempos. Hoje, pontualmente ainda, e mais amargurado ainda, celebro a missa de segundo mês. É uma atitude cristã e pia, que deveria contar com o apoio e a devoção das Mães de Família que promoveram a Marcha com Deus. O movimento militar-terrorista ainda não acabou — é óbvio —, mas isso não me impede a prece e o perdão.

Prece pela atitude dos bacharéis da UDN, os senhores Pedro Aleixo e Bilac Pinto puxando o famoso cordão, atrelados ao general Costa e Silva, na tentativa de justificar o latrocínio verbal perpetrado pelo nosso honrado ministro da Guerra.

Aliás, é um assunto a meditar: o bacharelismo da UDN começa a botar as unhas de fora. Sente-se que, por trás dos militares e à sombra dos quepes, há as conhecidas silhuetas da hipócrita e eterna vigilância. Homens que, desde o Manifesto dos Mineiros, estão tentando ganhar o poder. Desesperados das vias normais, vencidos e convencidos nas urnas, os bacharéis afinal entregam os pontos: já estão ricos e velhos, podem abrir o jogo. Aproveitam-se, para isso, da ingenuidade política e da pureza humana de homens como Castelo Branco e Costa e Silva.

Mas não vamos gastar espaço e tempo com esses bacharéis. Na atual situação, se algum general declarar que o mundo é um tabuleiro sustentado por elefantes, os senhores Pedro Aleixo e Bilac Pinto serão capazes de uma confissão: eles são os próprios elefantes que sustentam o mundo.

Mas além da prece há o perdão. Pessoalmente, tem-me sido difícil o perdão. Culpa da má argila que me fez e da vida que me deformou. Mas como não perdoar a imbecilidade de tantos, a covardia de tantos e a traição de tantos?

Entre a prece e o perdão — a justiça. É hora de se providenciar a elementar justiça que devemos aos numerosos presos em todo o território nacional. Não há um brasileiro, nesta hora, que não saiba da existência de um ou mais prisioneiros, submetidos a um tratamento ignóbil. A maioria dos presos não foi interrogada. Não há processo de culpa formado. É a aberração, é a violência, é a estupidez em que todos estamos mergulhados, sem saber como e por onde sair desse pesadelo.

Todos os dias recebo denúncias dramáticas sobre a situação dos presos. Não adianta a explicação honesta: "Não tenho nada com isso. Vão-se queixar ao bispo ou ao ministro da Guerra." Mas me surpreendo covarde e mau. Sim, tenho alguma coisa com isso. Os presos estão pagando por todos os anseios que o povo brasileiro reclamava. Não importa que alguns deles tenham sido extremados ou radicais. Tirante os desonestos e os ladrões — que formam a minoria insignificante —, a maioria dos presos é gente honesta e idealista, que deu e está dando o melhor de suas vidas a um ideal. Ideal que um dia será o de todos. Ideal que um dia redimirá a nação de seus erros ou descaminhos.

Um preso disse, há dias, para a filha que lhe foi fazer visita: "Isso é um minuto na História, minha filha, não chore por tão pouco!" A moça continuou chorando. É que o minuto está custando a passar. E quando um povo começa a chorar é sinal que desse pranto nascerão gigantes que tornarão insignificantes o minuto e os pigmeus que nos oprimem e mutilam.

(31-5-1964)

Um apelo

Abro hoje mais uma exceção abrigando a carta que, por meu intermédio, uma das filhas do almirante Aragão quis tornar pública. Não entro no mérito da questão em si. Para mim, há um ser humano preso, à espera de um julgamento que tarda. Se essa pessoa é ou não culpada — não importa. Importa é que, por mais criminosa que seja, merece de uma sociedade que se diz civilizada mais atenção e melhor tratamento. Já lembrei aqui, em crônica passada, a sacralidade da pessoa do réu: *res sacra reus*. A carta que Dilma Aragão me envia merece, de todos nós, compreensão e respeito.

Quanto aos atuais carcereiros do almirante Aragão e de todos os demais presos políticos, cabem perfeitamente as palavras de Dilma: "punam os crimes políticos, mas na condição de pessoas humanas." Para usarmos a lei das feras, de nada adiantaria termos uma sociedade, uma religião, uma estrutura jurídica e uma tradição humanística. Afinal, se o que impera é a lei das feras, feras por feras seria preferível que abolíssemos todos os códigos e que cada qual vivesse de acordo com a força de suas patas e o apetite de suas mandíbulas. Eis a carta:

"Após 58 dias de incontida saudade e profunda tristeza, consegui pela primeira vez avistar-me com meu pai, o vice-almirante Cândido da Costa Aragão.

"Não é sem justa razão que classifico o 'bicho-homem' como permanente fera peluda da era da pedra. Grita dentro de mim a repugnância pelos homens, ao ver como a maldade, o ódio e a ferocidade fizeram de meu pai um trapo humano. Se meus olhos não o presenciassem, por pior que me pintassem o quadro, eu não o conceberia como realmente é.

"Vale lembrar que meu pai é um vice-almirante que perdeu a batalha. Encontrei-o relegado a uma condição tão deprimente que só um verme cheio de peçonha mereceria ter. Estou reclamando na condição de uma filha desesperada que não quer acreditar na verdade da desdita tão humilhante do pai. Senhores que mandam no momento em minha terra, peço-lhes de joelhos, não clemência, mas justiça! Provem que nasceram de ventre humano, provem que existe em seus corações um pouco pelo menos de amor filial e paternal, provem que não é mentirosa a fé que não cansam de apregoar.

"Libertem meu pobre pai da deplorável condição física. Martirizem-no menos, para que ele possa readquirir a saúde mental.

"O espectro de homem que vi, chora e ri desordenadamente e não consegue articular uma frase sequer, no mesmo assunto. O desespero me faz pedir, por esmola, que cobrem o crime (político) de um ser humano, mas na condição de seres humanos.

"Se meu apelo, em vez de causar mais ódio, lhes sensibilizar, o que espero, então posteriormente mostrem-no ao povo. Agora sei que isso lhes é inteiramente impossível. Seria certamente um cartão de visitas por demais desabonador para o atual regime e para os *democratas* que nos governam.

"Dilma Aragão"

(2-6-1964)

O sangue e a pólvora

A chama sagrada dos *revolucionários* está reduzida a uma simples lamparina, cujo óleo chega ao nível final. Dia 14, não havendo a quebra da palavra do presidente da República, o óleo acabar-se-á de todo.* Por ora, a chama bruxuleia ainda, alimentada pelas hienas que pretendem devorar mandatos e direitos políticos. Mas dia 14 acaba-se o gás. E a nação, entre penalizada e revoltada, verá que o atual governo não saberá o que fazer. Limpo o terreno — a expressão é deles —, não haverá programa, filosofia

* Julgando-se com alguma perspectiva o Golpe de 1964, percebe-se que, inicialmente, o movimento não tinha conteúdo e forma. Foi uma simples quartelada, no conhecido estilo latino-americano. Mais tarde, com a ajuda de juristas e bacharéis, em sua maioria vinculados à antiga UDN, foi providenciada uma institucionalização que se tornou gradativa em face das reações provocadas. O Ato Institucional nº 1, editado em 9 de abril de 1964, estabelecia prazos, inclusive para as listas de cassações. A Junta Militar que depôs o presidente João Goulart teria poderes de cassar e caçar até o dia 14 de junho. Dessa data em diante, tal poder seria exclusivo do presidente da República. A intenção da Junta era a de "sanear" a vida nacional, deixando o terreno "limpo" para o marechal Castelo Branco. O próprio presidente declarou que não usaria desse poder, uma vez que, durante sessenta dias, a contar da edição do AI-1, a Junta Militar já havia expurgado todos os elementos nocivos à paz da família brasileira. O marechal Castelo Branco não cumpriu a palavra. Continuou cassando e caçando. Também deixou de cumprir outros compromissos morais e legais, prorrogando o próprio mandato e suspendendo o processo eleitoral. Ele obteve o apoio do PSD à sua candidatura ao prometer que manteria o calendário que previa eleições presidenciais em 1965. Prometera ainda, em público e em particular, respeitar as duas candidaturas lançadas antes do golpe: a de Carlos Lacerda, pela UDN, e a de Juscelino Kubitschek, pelo PSD, esta já homologada pela convenção partidária.

de governo, não haverá nada. O Brasil navegará sem rumo, sem chegar a porto algum. Em havendo disciplina a bordo, chibata para os recalcitrantes, e um mínimo de bolacha e água, tudo irá bem: em terra firme, o capital estrangeiro e seus intermediários estarão ganhando bom dinheiro.

No momento em que escrevo esta crônica, ameaçam uma nova lista de cassados. Para encabeçá-la — afirmam — surgiu o nome de um ex-presidente, o sr. Juscelino Kubitschek.

Independentemente do meu voto e do meu juízo a respeito do sr. Juscelino, percebo a indisfarçável manobra do udenismo que deseja *limpar o terreno*, afastando um candidato incômodo. Os militares, quando falam em limpar o terreno, estão pensando apenas em substituir os civis que eles consideram corruptos ou incapazes para a função pública. Mas, a rigor, a cabeça do sr. Juscelino não está sendo reclamada pelos militares, que poderiam ter incluído o seu nome na primeira lista. Firmadas as posições dos vitoriosos, viu a UDN que não havia ganho integralmente a batalha. Aparentemente entre os vitoriosos, estava também o sr. Juscelino, um adversário antigo e forte.

Daí para cá, a preocupação única do udenismo foi convencer os militares de que, sem a punição do sr. Juscelino, a pátria correria perigo. E os militares, alguns honrados, outros também corruptos, alguns razoavelmente inteligentes, outros compactamente estúpidos, começaram a sofrer o pesado e bacharelístico cerco dos homens da UDN. Removida a candidatura JK, o processo eleitoral não sofreria continuidade. Seria a prova de que o Brasil não está sob uma ditadura.

E, na realidade, está. O afastamento do sr. Juscelino equivale ao caso daquele pai que dava liberdade à filha para casar com quem quisesse, desde que fosse com o genro escolhido por ele. Ora, realizar uma eleição com candidatos homogêneos, representantes dos mesmos grupos e ideologias, é uma tapeação primária que pretendem copiar dos Estados fascistas. Os ditadores se elegem, por maiorias impressionantes até. A democracia não se realiza através do simples e superficial mecanismo eleitoral. Até na China há eleições.

Uma palavra sobre a alegada corrupção do sr. Juscelino. Afirmam os interessados que nunca se roubou tanto quanto no governo JK. Não creio nisso. E antes da punição, o elementar senso de justiça obriga que se examine as provas e não as simples acusações. Com dois meses de governo, se submetêssemos o atual aparelho administrativo do país a uma devassa rígida, teríamos na certa alguns escândalos, sem que com isso o honrado marechal Castelo Branco ficasse comprometido.

O governo JK abriu imensas perspectivas para o Brasil. Rasgou o Oeste — uma de nossas metas encravadas há séculos, desde que os bandeirantes se aposentaram para sempre. Não se rasga uma região interiorana com marchas pela família, terços e procissões. Abre-se a facão, a foice, a trator. O Oeste norte-americano foi rompido e conquistado na base do bangue-bangue. O tempo das diligências custou sangue e pólvora, mas a História absolve às vezes o sangue e a pólvora. Não absolve nunca é a estupidez e a tirania. Sou pela manutenção dos direitos políticos do sr. Juscelino, para ter o prazer de não votar nele.

(4-6-1964)

Bonde errado

Tenho poupado, até aqui, a figura do marechal Castelo Branco. Apesar de homem completamente despreparado para o governo, aceitei como fato provado a sua honestidade pessoal e a razoável evidência de suas boas intenções. Mas agora, com a também razoável perspectiva desses setenta dias, seria uma covardia minha, e sobretudo uma burrice, se não o acusasse publicamente de ter tomado um bonde errado.

O repugnante *background* do 1º de abril começa a subir à tona. As suspeitas vão, pouco a pouco, sendo confirmadas. O barco começa a fazer água e o naufrágio, embora sem data marcada para se consumar, já começou. A ditadura-de-bolso instalada no Brasil está ferida de morte — e sua agonia, o desespero de seu coma poderá arrastar o país a uma estúpida cafajestada oficial.

Analisemos os fatos. As influências dos grupos econômicos estrangeiros já passaram seus recibos com firmas reconhecidas. Acredito que muitos inocentes que foram para a rua lutar contra o sr. João Goulart ignoravam que, no fundo, aquilo tudo fora previsto, combinado e subvencionado por grupos preocupados em *dar segurança aos investimentos* — metáfora que arranjaram para designar a intromissão em nossos assuntos internos. Sugiro ao marechal Castelo Branco a leitura do livro de Fred Cook, *O estado militarista*. Em vez de perder tempo nas exposições do zebu ou assistindo a peças pífias como *Mary, Mary*, bem que o nosso honrado presidente poderia aprender alguma coisa. Lendo o livro de Cook, o sr. Castelo Branco veria as dramáticas contradições do capitalismo norte-americano, responsável pelo aparecimento do grande Monstro da idade moderna: o complexo industrial-militar. Para alimentar esse Monstro, todos os escrúpulos foram abolidos.

Os nossos inocentes capitães, majores e coronéis, que foram arriscar suas vidas nas batalhas que felizmente nunca se realizam neste Brasil, não sabiam que, no momento em que se despediam de suas esposas e filhos, numa cena trágica e rara de seus quotidianos prosaicos e honestos, naquela mesma hora a crise brasileira aumentava a velocidade nas esteiras de produção de milhares de fábricas norte-americanas. Dias antes de nossa quartelada, os homens fortes dos Estados Unidos tinham feito duas coisas paralelas: aceitaram a ditadura de Stroessner e deram sinal verde ao embaixador Lincoln Gordon. Daí, foi só apertar o botão e tudo começou.

Sei, havia bagunça e corrupção no governo passado. Mas o que estará havendo neste atual governo? Se havia uma evidência na gestão do sr. Goulart (a bagunça institucionalizada), na gestão do sr. Castelo Branco, há outras terríveis evidências: a tirania, a violentação das liberdades — e também a bagunça.

Já ninguém sabe mais quem manda. Taurino, Costa e Silva, Justino, Guedes, Mourão e sei lá que outros — são homens autônomos, acima das próprias leis que a quartelada criou, têm liberdade para desgovernar em seus respectivos redutos. Guedes acorda com um telefonema: fulano roubou na Usiminas. Pelo telefone, Guedes manda prender toda a Usiminas e interdita o alto-forno para averiguações. Justino vira constitucionalista. Costa e Silva, com óculos de Marcelo Mastroianni e cérebro de cômico de chanchada nacional, entope a televisão com latrocínios e ameaças.

Nisso tudo, não há por onde fugir, o sr. Castelo Branco tem responsabilidade direta e intransferível. Se já não manda realmente, que ao menos tenha coragem e diga isso à nação. Do contrário, estará se candidatando a um triste, a um indecente papel na História.

(6-6-1964)

A falta que não faz falta

Alguns leitores cobram-me uma definição sobre o sr. Carlos Lacerda. Já o focalizei aqui, nesta maledicente arte, considerando sua entrevista em Orly digna de uma Mme. Nhu de calças. É pouco, reconheço. Pois aí vai o resto, que não é silêncio, mas uma eloquente verdade:

O sr. Carlos Lacerda ficou burro, de repente. Viveu às avessas aquele famoso episódio que a lenda atribui ao padre Vieira: a do estalo. Vieira era burro, teve um estalo e ficou inteligente. O sr. Lacerda seguiu o processo inverso: era inteligente. Teve um estalo e ficou burro.

Ficou burro desde que não reagiu energicamente ao soco na mesa com que o general Costa e Silva encerrou uma entrevista com ele. Ficou burro ao açodar-se em cumprir o papel de mascate internacional de uma revolução que lhe saíra pela culatra. Ficou burro, principalmente, quando preferiu ser apenas esperto e esperar que a situação se desanuviasse: bancou qualquer politicoide mineiro que prefere a prudência à lucidez, o ganho insignificante e certo ao ganho significante e incerto. Na realidade, o sr. Carlos Lacerda transformou-se, de uma hora para outra, numa espécie de Benedito Valadares recauchutado. Pode chegar a presidente. Mas não chega mais a ser Carlos Lacerda.

Ainda bem. O Carlos Lacerda que nos ameaçava poderia gerar uma situação mil vezes pior do que a atual. Entre os créditos da quartelada, o mais importante deles é esse: livrou-nos do Carlos Lacerda que enveredava pelo fascismo mais estúpido e peçonhento. Hoje, o sr. Carlos Lacerda será capaz de tudo — tal como os seus prudentes modelos mineiros. Poderá regressar ao Brasil vestido de democrata, carlista, ortodoxo russo, ideólogo copta, revolucionário búlgaro ou até comunista. Tiraram-lhe o doce da boca. E seu apetite, somado à sua vaidade, não tem agora o apoio de seu discernimento; o sr. Lacerda fará qualquer papel para sobreviver mais um pouco. E — o que é pior para ele e melhor para o país — só chegará a presidente se conseguir, sozinho, dar um golpe de Estado ou beneficiar-se isoladamente de um golpe de Estado. Coisas impossíveis de acontecer, a menos que dona Sandra Cavalcanti deixe crescer barbas e resolva iniciar uma guerrilha em Brocoió. O sr. Carlos Lacerda nem coragem para isso encontrará mais.

No dia seguinte ao da eleição do atual governador, quando os resultados das urnas eram surpreendentes e trágicos para o sr. Lacerda, a *Tribuna da Imprensa*, então dirigida por ele ou pelo filho dele — já não lembro mais —, publicou um artigo meu em sua página opinativa. Nesse artigo, dizia eu que o sr. Carlos Lacerda devia temer mais os que votaram com ele do que aqueles que haviam votado contra ele.

Se o DASP criar uma função de profeta nos quadros públicos, vou candidatar-me a um dos lugares. A previsão realizou-se — e o dia em que o sr. Carlos Lacerda parar para pensar — mas pensar mesmo — verá até onde o levaram. Com qualidades inatas de chefe, podendo liderar grandes parcelas do povo brasileiro, foi o sr. Lacerda ridiculamente absorvido pelas minorias reacionárias. Encontrando campo fecundo, essas minorias empolgaram o seu líder, transformando-o num robô que é capaz de citar Kafka ou Péguy, mas que ficou incapaz de citar o bom senso e a vergonha.

É hoje um líder que, aparentemente, conduz, mas na realidade é conduzido cada vez mais pelos acontecimentos, pela reação cretina que procura impedir o justo e necessário caminho de todo um povo. O sr. Carlos Lacerda, homem saído do povo, vendeu-se impudicamente num leilão de que só ele mesmo é capaz de conhecer o preço. Detalhe, aliás, que não nos interessa: não temos nada com as suas contas bancárias. Nós conhecemos os seus donos. E é o que basta.

(7-6-1964)

Réquiem para um marechal

Afinal, foi consumada a grande estupidez. Cassaram o mandato e suspenderam os direitos políticos de um ex-presidente, sob acusações que não vieram a público oficialmente, e sem darem defesa ao acusado. A nação tolerou e, até certo ponto, compreendeu que, logo após a quartelada, os direitos e mandatos dos adversários do atual governo fossem suspensos e cassados. A emoção do momento explicaria a violência, embora não a justificasse.

Agora não. A frio, afastaram o candidato em potencial à Presidência da República, sob a única alegação cabível: podia ser eleito outra vez. Pois é preferível um corrupto eleito pelo povo aos fariseus fardados que sobem ao poder à custa de baionetas e de tanques. A força da corrupção é menos repugnante do que a corrupção da força.

O marechal Castelo Branco selou seu destino perante a nação e perante a História: é um homem mesquinho, impotente para resistir à politicalha que o envolve e à corrupção moral que já o envolveu. A responsabilidade de ter cassado o ex-presidente JK envergonhará para o resto da vida o seu nome. O marechal Castelo Branco ultrapassou o limite. É o grande responsável. E sobre seus ombros cairá o opróbrio. O resto cairá depois, no seu devido e inapelável tempo.

Com esta crônica encerro um volume que segue, hoje mesmo, para a editora. Dentro em breve, o meu editor lançará o livro que reúne a série de todas as crônicas publicadas aqui, nesta maledicente arte, do dia 1º de abril em diante. O nome do volume será *O ato e o fato* — título da crônica publicada no dia seguinte ao do Ato Institucional que nos mutilou como homens e nos envergonhou como nação.

Está feita a corrida, rumo ao futuro. De um lado, os generais com suas fardas e suas burrices; de outro, o insignificante escriba que os combateu. O futuro dirá quem fez ou está fazendo o papel de idiota. Corro o risco com muito prazer e até com algum orgulho.

(9-6-1964)

Cacho de bananas*

Como um cacho de bananas jogado numa jaula de macacos famintos, as listas de cassações já divulgadas ou a serem divulgadas têm provocado alacridade e piedoso histerismo nos arraiais fardados ou paisanos do gorilismo. É um espetáculo triste. Cassam o mandato de um ex-presidente e senador sob acusações de pesada corrupção administrativa. E, no dia seguinte, o próprio governo faz questão de admitir o caráter político da punição. Caráter político, para bom entendedor, significa não ter caráter algum, nem o político, nem o outro, o próprio, o que se subentende quando se diz simplesmente caráter.

Pois é isso que o governo do sr. Castelo Branco já não tem mais. De início, defendi o atual presidente de algumas acusações mais radicais. Hoje me penitencio. O sr. Castelo Branco é exatamente igual a qualquer político profissional.

Cheguei mesmo a usar de uma imagem, grossa, mas significante. Um político profissional é um homem que começa a vida engolindo seus sapos. Quando ultrapassa o âmbito municipal ou estadual e penetra no federal, é um estômago indestrutível. Come qualquer tipo de sapo e é capaz de, num banquete a rigor, comer a própria mãe ensopada, com brinde às instituições ao champanhe.

* As crônicas seguintes foram posteriormente publicadas em outro volume pela mesma Civilização Brasileira, com o título de *Posto Seis*.

Achava que os militares não se habituariam a essa difícil digestão. Recusava-me a crer que o sr. Castelo Branco participasse de bródios tão repugnantes. Mas o homem aprendeu rápido. Fez curso intensivo na ciência de engolir sapos e outras coisas. Com menos de três meses, passou na prova. Fala, come e age como um velho político, é capaz de superar-se a si mesmo e digerir o próprio general Costa e Silva, se esse bravo cabo de guerra lhe for servido à mesa cívica. Tarefa, convenhamos, que não é para qualquer um.

Que eles se comam uns aos outros: chegará esse dia, é fatal e necessário que chegue esse dia. No fundo, estão os nossos marechais e generais diminuindo em certas áreas o respeito que deveríamos ter pelas Forças Armadas. Pois numa hora dessas, quando se fala em Forças Armadas não se pensa num homem como Nelson Werneck Sodré, que está preso, ou nos milhares de oficiais e soldados que merecem realmente o nome de "povo fardado". Pensa-se em Castelo Branco, que assina um ato cassando o mandato de um homem sob a alegação de roubo e, depois, no dia seguinte, consente que seu contínuo mais graduado, o chefe de sua Casa Civil, diga à nação que o problema foi somente político; ladrão ou honesto, o sr. Juscelino teria de ser punido por injunções políticas. Amanhã, talvez o sucessor do sr. Castelo Branco faça o mesmo com ele: qualquer acusação servirá. Mais uma vez é o velho argumento do lobo. E aí está a estranha simbiose do atual governo: lobos e gorilas. O que vai nascer disso só o diabo sabe. Deus já tirou o corpo fora desta jogada.

Não queria terminar esta crônica sem chamar a atenção para um fato sintomático. Soltaram o filho do almirante Aragão, após vinte e tantos dias de prisão. Pois de duas uma. Ou o rapaz era culpado e seu tempo de cadeia foi pouco; ou era inocente, e o tempo que passou na prisão foi muito. O que digo para o filho do almirante Aragão serve para 99% dos presos. E serve para caracterizar a prepotência e a bagunça que se instalaram no país, sob o patrocínio de alguns marechais e das bênçãos de algumas mães de família.

(9-6-1964)

Capim-melado

E assim é que foi: o artigo 10 do Ato Institucional, embora formalmente, extinguiu-se. Substancialmente continua vivo e maléfico, através dos traumas e das chagas que causou e abriu em todo o país. E seu pior trauma, sua pior chaga foi o precedente aberto. De agora em diante, qualquer general que conseguir botar uma dúzia de tanques nas ruas terá um caminho aberto diante de si: bastará mandar republicar no *Diário do Congresso* o Ato que ora se extingue.

Podia ser pior — é um argumento que rosnam por aí. Não vale como raciocínio. Tudo podia ser pior nesta vida, e um país não pode ser governado na base das coisas piores que poderiam ter acontecido. O que aconteceu já foi pior em si mesmo. E, ao contrário do artigo que se acabou, as coisas piores que ele criou, manteve e fecundou continuarão por muito tempo ainda.

Se me perguntarem o que de pior aconteceu no Brasil em seus quatrocentos e tantos anos de vida, eu diria sem receio: o Ato Institucional assinado pelos ministros militares em abril de 1964. Pior pelo que realmente trouxe: a tirania, a supressão do Estado jurídico, a idiotice generalizada. Mas o pior, realmente, não chegou a ser isso. Nunca um governo usou de tanta força, manietou tanto um povo, avocou a si mesmo tanta responsabilidade. E para quê? Para promover reformas básicas? Para melhorar o nível econômico do país? Para libertar a nossa economia do jugo internacional? Para criar novas fontes de produção? Para alfabetizar o povo? Nada disso. Toda a força foi acumulada, toda a aberração jurídica foi perpetrada apenas para as caças, as perseguições, as mesquinharias, o saciar dos ódios. Durante todo esse tempo, o governo poderia impor ao Congresso uma reforma agrária, ou uma reforma administrativa ou bancária, medidas essas que o próprio sr. Castelo Branco foi obrigado a admitir como necessárias. Mas nada disso foi feito. Usou-se a força tão somente para intimidar o Congresso e o povo e, através do pânico, arrancar punições e castigos para os inimigos pessoais ou políticos dos homens que subiram ao poder. Cassaram o mandato de um deputado que provou a bandalheira da aquisição do nosso imprestável porta-aviões. Esse deputado só tinha esse crime a ser punido. Puniram Edmar Morel unicamente porque é autor de um livro narrando a Revolta da Chibata. Centenas de outros punidos o foram por motivos mesquinhos, abomináveis. A força serviu para isso. E isso é que foi, justamente, o pior.

No Brasil, como nação, ninguém pensou. Brasil, para militares como esses que subiram ao poder, não é uma pátria: é uma profissão. Em tempo: fizeram uma coisa importante com o Ato Institucional — aumentaram astronomicamente o soldo dos militares.

A História guardará esse nome: Humberto de Alencar Castelo Branco. Não é preciso ser sábio ou profeta para se saber qual o juízo que se fará desse homem que, por vias tortas, teve na mão a possibilidade de plantar um gigante e terminou deixando que nascessem as ervas daninhas e as tiriricas, plantando apenas o capim-melado do ódio.

(14-6-1964)

A culpa do marechal

Tenho evitado abordar assuntos pessoais. Recebo diariamente um mundo de cartas e de informações, algumas contendo graves denúncias contra os homens que subiram ao poder em nome da moral cristã. Não tenho elementos para investigar ou apurar essas denúncias. E mesmo que tivesse tais elementos, teria repugnância em fazer isso. Afinal, não me cabe o papel de inquisidor de ninguém. Sei, em bases sólidas, firmadas no comportamento histórico do homem, que a corrupção é inerente ao poder. Não creio na honestidade de um grupo de pessoas que invadem o governo e dele fazem estribo para suas vinganças pessoais. Mas não me interessa saber se Fulano deve ao açougueiro, se a mulher de Sicrano toma dinheiro dos amantes ou se o Beltrano deu um golpe na praça nos idos de 1952.

O fato de estarem esses homens no poder não é suficiente para que eu me violente e enverede pelos ásperos caminhos de uma retaliação pessoal. Venho combatendo a todos esses homens, mas em bloco, e pelas suas atitudes públicas de 1º de abril em diante. O passado deles não me interessa. O que me interessa, o que me cabe denunciar e combater, é o comportamento desses homens no governo. Para efeito de argumentação, acredito na honestidade passada de todos.

Poupei até há pouco o honrado marechal Castelo Branco. Só na última semana, quando as iras e a tolice voltaram furiosamente à cena, fomentadas pelas ameaças e pelas listas de cassações, achei que era chegado o ponto de saturação. Se nas primeiras listas, tornadas públicas logo após os acontecimentos de março/abril, havia pelo menos uma razão política e tática, as violências de agora são aberrações que nem a tática poderia justificar.

O sr. Castelo Branco revelou-se nu: um homem mesquinho, sem grandeza humana, incapaz de refrear as pressões e as indecências que o cercam. Entre desagradar aos políticos profissionais e aos militares — que são os patriotas profissionais — o marechal-presidente agradou aos dois. Não pensou no povo, não pensou na Justiça, não pensou nas conquistas morais de uma nação que vem repelindo, ao longo de sua História, todas as medidas de força.

Falta tamanho ao sr. Castelo. É um funcionário fardado, bitolado pelas deformações de coisas pequenas, de pequeninos regulamentos e regras, das quais só conhece a forma e ignora o espírito. Deu à nação um espetáculo triste: o de sua pequenez. Lamento ter de chegar a acusar um homem, jogando em cima de seus ombros a responsabilidade pessoal de toda essa bagunça, de toda essa violência. Por mais lamentável que seja tudo isso, mais lamentável seria se eu mentisse ou não visse a verdade verdadeira que aí está. A culpa é do próprio marechal.

(*16-6-1964*)

A figueira e o pescoço

Anuncia-se o retorno do sr. Carlos Lacerda, celebrado, pela linha dura da quartelada, como o "líder civil da Revolução". Um dia, na velhice, o sr. Carlos Lacerda terá vergonha do papel que lhe querem atribuir. Por ora, é capaz de acreditar nesse papel, que equivale, dadas as atuais circunstâncias, ao papel dos bandeirinhas de partida preliminar. Existem, são até dois, mas quem se incomoda com eles?

Seria idiotice ignorar as bases de uma real penetração do sr. Carlos Lacerda na vida nacional. Apenas, repilo a condição de líder que lhe querem atribuir. Líder é o homem que dirige, e o sr. Carlos Lacerda é monotonamente dirigido. Pode-se prever suas palavras, suas atitudes, até suas fugas e suas glórias. Para se saber o que o sr. Carlos Lacerda vai pensar ou falar sobre determinado assunto, basta que se leia, uma semana antes, algumas revistas norte-americanas, tais como *Newsweek*, *Life*, ou, às vezes, até mesmo a *Playboy*. Quem acompanha o noticiário internacional pode perfeitamente delimitar o estreito espaço em que a estreita ideologia do sr. Carlos Lacerda se agita.

Vem ele agora, vestido de *líder civil*, iniciar uma campanha contra a maioria absoluta. Todos estamos lembrados de uma campanha a favor da maioria absoluta que se destinava a impedir a eleição de Getúlio Vargas. Os editoriais do *New York Times* e os da *Tri-*

buna da Imprensa pareciam escritos pela mesma pessoa, e o eram, realmente: o jornalista Carlos Lacerda traduzia razoavelmente o inglês e injetava, por conta própria, alguma cor local em sua campanha, o toque tropical — como os norte-americanos gostam.

Naquele tempo, a maioria absoluta era defendida como a verdadeira forma de um povo manifestar-se sobre seu governante. Fora isso, o dilúvio. Hoje, prepara-se o sr. Carlos Lacerda para afirmar justamente o contrário. Mudou o Natal ou mudou o sr. Carlos Lacerda? Nem um nem outro. Todos continuaram os mesmos: o capital estrangeiro precisa de "rígidas garantias" — e estamos usando uma expressão nascida no próprio Departamento de Estado, via Thomas Mann.* Ora, garantias rígidas, na atual situação, significa um candidato rigidamente garantido e esse candidato é — por coincidência — o razoável tradutor dos editoriais da imprensa mais reacionária dos Estados Unidos.

Como se vê, nada mudou. Os acidentes, ensinou Aristóteles, via São Tomás, independem da substância. Um pouco de trigo pode ser Deus. A substância é Deus, mas o acidente é a farinha de trigo da hóstia. O acidente pode ser ou não ser a democracia. A substância é que tem de ser uma só: "garantias rígidas".

Já disse aqui que não me interessa a conta bancária do sr. Carlos Lacerda, da mesma forma que nunca me interessou a conta bancária do sr. Juscelino ou do sr. Goulart. É problema deles. Apenas, não sou suficientemente burro para ignorar os donos do pensamento do sr. Carlos Lacerda. Quanto ele cobra pela corretagem, pela tradução, é assunto particular dele.

E por falar em líder civil. Que é feito do sr. Magalhães Pinto? Pelo que me consta, quem realmente arriscou o pescoço na quartelada do 1º de abril foi o governador mineiro. O pescoço do sr. Carlos Lacerda, é verdade, esteve também leiloado, mas não por

* No caso, trata-se de um homônimo do escritor alemão.

causa da quartelada em si. Já era um pescoço ameaçado, com ou sem revolução. Aliás, é outra coisa monótona que acompanha os traidores. O pescoço deles está sempre arriscado, sopre qualquer vento ou não sopre vento algum — uma companhia de seguros tem sempre cautela em aceitar o risco de pescoços assim. Olhem o caso de Judas. Já ninguém pensava nele, mas o homem por conta própria foi encontrar a figueira para fazer justiça a seu pescoço.

(*28-6-1964*)

A Idade de Ouro

Só mesmo com a bagunça institucionalizada, com esse *espírito revolucionário* que instauraram no país em nome de Deus e da Família, houve condições para um coronel do tipo Américo Fontenelle resolver *na marra* o problema do trânsito. Por falar em *marra*, lembro um político, atualmente no exílio, que defendia para os problemas nacionais uma solução idêntica: *na marra*. Sempre combati esse político, pois na marra não se consegue nada, a não ser uma exibição pessoal de idiotice.

E é o que está acontecendo com o coronel Fontenelle. A família desse sujeito pagou-lhe os estudos — se é que o coronel algum dia estudou alguma coisa —, vestiu-lhe o corpo, alimentou-lhe as vísceras e para quê? Para, ao chegar à idade adulta, ter o rasgo genial de esvaziar os pneus dos carros mal-estacionados. Essa centelha luminosa talvez credencie o coronel a um Ministério no atual governo, ou a uma Secretaria sem Pasta ou com Pasta no governo do sr. Carlos Lacerda. E para aproveitar a embalagem, sugiro desde já algumas medidas análogas que ambos os governos, interessados em soluções desse tipo, poderão colocar em prática.

A primeira delas, aliás, não precisa ser sugerida. Por antecipação já foi inventada e posta em prática pelo próprio governo da Guanabara. Não foi no tráfego, foi na assistência social. Para acabar com a pobreza da cidade, as autoridades estaduais jogaram os mendigos no rio da Guarda. Foi uma medida *na marra*, e óbvia também: se todos os mendigos fossem afogados no rio da Guarda, a cidade ficaria sem mendigos. Era a Idade de Ouro de Ovídio, recriada pelo sr. Carlos Lacerda, com louros à fronte e cítara à mão.

A genial ideia pode ser ampliada. Dona Sandra Cavalcanti, por exemplo, bem podia solicitar aos amigos lá do Norte que cedessem à Guanabara, através de um programa do tipo *Aliança para o Progresso*, algumas bombas de bactérias. Jogadas em nossas favelas, e com a precaução de retirar a população udenista da cidade até que as emanações perdessem a virulência, a Guanabara ficaria sem problemas sociais e políticos. Os sobreviventes seriam todos udenistas, leais contribuintes da campanha *Ouro para o Bem do Brasil*.

E aí fica a minha sugestão. Bem que o governo poderia usar o coronel Fontenelle para outras operações de molecagem. A genial solução encontrada para o tráfego seria estendida, com adaptações, a todos os demais problemas. O sr. Castelo Branco também poderia impor ao seu líder na Câmara uma solução de *marra*. Projeto que demorasse a ser votado, deputados que pedissem a palavra para atacar as medidas sadias e as soluções salvadoras propostas pelo governo deveriam ser esvaziados à força. O exemplo foi dado e, afinal, um pneu cheio de ar e um recalcitrante cheio de razões não são tão diferentes assim.

Diferente, nisso tudo, é o molde udenista e carismático que querem impor à nação e à cidade. Somos uma complicação de ruas — e não é culpa do sr. Lacerda termos ruas tão complicadas. Mas para se ver quanto o nosso governador é um sujeito genial em matéria de conforto urbanístico, lembro a polêmica que o vereador Carlos Lacerda, em 1947, manteve com o vereador Ary Barroso sobre a localização do Estádio Municipal. Ary queria o estádio no Maracanã. Lacerda, que não queria estádio algum, sugeriu Jacarepaguá. E foi um homem desses que combateu Juscelino por causa de Brasília!

Mas fiquemos, por hoje, com a operação molecagem do coronel Fontenelle. Espero vê-lo ministro desse governo. Seu rasgo de genialidade credenciou-o definitivamente a um lugar no panteão da UDN. Seu processo é bem típico dos udenistas. Não há dúvida, a UDN está nas ruas. Cada pneu esvaziado é uma pequena mostra das soluções que esse partido preconiza para o país. É pior do que o PTB fisiológico. É a UDN dos borracheiros, depois de ter sido a UDN dos marmiteiros e dos lanterneiros.

(*30-6-1964*)

A vaca togada

Como se não bastassem os males que já temos, o marechal Taurino de Resende* arranjou, por conta própria, mais um pesadelo para toda a nação: ameaça cassar a Justiça Civil, banindo-a de nossa estrutura estatal. De acordo com o marechal, somente a Justiça Militar tem meios e moral bastantes para investigar e punir os culpados.

Primeira preliminar: afinal, qual foi o grande crime até aqui encontrado? Os homens do golpe de 1º de abril ameaçaram divulgar grandes escândalos, grandes ligações perigosas, grandes crimes. Mas tirantes os seis ou sete chineses que até agora não explicaram direito o que aqui faziam** e as autoridades que os prenderam tampouco explicaram qualquer coisa sensata a esse respeito; tirante o tráfico de influências, uma ou duas dúzias de corruptos cujos nomes são antigos e de há muito se instalaram na vida nacional, nada mais foi dito ou encontrado.

Segunda preliminar: se o Brasil está em regime democrático, de vigência da Constituição, a ameaça do marechal Taurino é crime, ou melhor, é o maior crime já praticado no país nesses

* Primeiro presidente da Comissão Geral de Investigações.

** Esses chineses pertenciam a uma comissão comercial que nada tinha de clandestina ou subversiva. Hoje, seus membros seriam altos funcionários da República da China Popular e alguns deles voltaram ao Brasil em missão oficial, sendo recebidos com as devidas e tardias homenagens a que tinham direito.

três últimos meses. Um funcionário que declare o que o marechal declarou deve ser preso para o resto da vida e ter os seus direitos políticos e pessoais cassados. Fazer *tabula rasa* de uma tradição jurídica, de todo um processo legal — isso sim, é subversão da boa, embora seja também estupidez, e da pior espécie de estupidez.

Feitas as preliminares, vamos ao que interessa. O governo é um todo. Há um presidente da República, que jurou respeitar as leis que em parte criou. Há um ministro da Justiça, homem ilibado, com um passado público e pessoal invejável. Pois muito bem. Onde estão o presidente e o seu ministro da Justiça quando um funcionário subalterno — no caso, o marechal Taurino — pretende alterar basicamente a estrutura do Estado?

Não se ouviu a voz nem de um nem de outro. O silêncio do sr. Castelo Branco é compreensível. Afinal, é um militar também, homem pouco afeito a lides jurídicas. Talvez pense identicamente a seu funcionário Taurino. Habituados a admirar e a cultuar a eficiência primária das leis militares, são homens que olham para os paisanos com desprezo, condenando a desorganização da vida civil, em que cada cidadão faz o que quer, usa a roupa que puder e come ou passa fome de acordo com a sua posse ou miséria.

Pois nos quartéis não tem disso não. Há o uniforme do dia, o rancho do dia, simples, porém honrado, rico em vitaminas, dá para manter o homem em pé. Ora, habituados com tantas excelências, é natural que os marechais considerem a vida civil desorganizada, inútil, prejudicial à segurança do país. Por ora, querem substituir a Justiça, achando que nossas leis e práticas são tumultuadas, incentivam a bagunça e a traição à pátria. Mais tarde, pensarão no rancho único e no uniforme do dia. Quem viver verá.

Mas se o silêncio do sr. Castelo Branco é compreensível, o silêncio do sr. Milton Campos é absurdo. Afinal, aprendemos a ver, no atual ministro da Justiça, um jurista, um homem de estudo, de probidade pessoal, embora politicamente atrasado. Mas já não se pede uma atualização política do sr. Milton Campos. Pede-se — ou mais, exige-se — que a probidade pessoal e a consciência jurídica do sr. Milton Campos venham a público condenar fundamentalmente a pretensão descabida do funcionário Taurino.

Houve um general, há tempos, que se considerou "uma vaca fardada". Muita gente zombou do general, mas eu entendi a sua humildade e a sua intenção. Entendi e até apreciei. Seguindo o exemplo do general Mourão Filho, o sr. Milton Campos é capaz de se considerar uma "vaca togada". Será coisa que também entenderei, mas não admirarei. Pois se na atitude do general houve humildade, na atitude do ministro da Justiça haverá apenas oportunismo e bajulação.

Além dos oportunismos, e apesar das bajulações, cobro do sr. Castelo Branco e de seu ministro da Justiça uma clara punição para esse funcionário subalterno que tem o desplante de pretender cancelar uma das maiores conquistas da humanidade — o exercício da Justiça — em nome de apetites que um dia, esses sim, terão o seu cobro e desde já têm o repúdio da nação.

(4-7-1964)

Os estudantes

Dirão mais tarde os historiadores: foi um triste instante da vida brasileira. Aumentaram as dificuldades naturais do povo e procuraram despojá-lo de suas conquistas básicas. Tentaram sufocar as esperanças de um futuro, fazendo o país regredir cada vez mais, em todos os campos, inclusive com a ajuda de dois campos: os senhores Milton e Roberto Campos. A cultura foi pisada e os ideais humanos rebaixados. A força levantou-se, também e diretamente, contra a juventude, procurando calar sua voz e apagar o seu entusiasmo. A aberração foi mais longe: chegaram a expulsar estudantes de faculdades por delitos de opinião.

Cassar mandatos e suspender direitos políticos de homens já feitos, de políticos formados, é uma violência que afinal se compreende num regime de força como o atual. Mas punir com a pena máxima — a expulsão — alunos de escolas superiores é mais do que uma violência: é uma estupidez. É cortar, de uma vez por todas, o natural caminho de um futuro; é impedir que a juventude se realize em busca da maioridade intelectual.

Houve o caso da Faculdade Nacional de Filosofia. A expulsão de diversos alunos não foi apenas antidemocrática, desumana, antipedagógica e refratária à cultura. Ela refletiu toda uma orientação do atual governo, o qual pretende solucionar os seus próprios problemas e os problemas do país sufocando o pensamento nacional.

Por que, em vez de expulsarem os estudantes, não se preocuparam em analisar as raízes que determinaram a luta, não apenas dos 19 alunos expulsos da FNFi, mas de todo um largo escalão da vida brasileira? Por que não tentaram saber as razões pelas quais estes jovens se interessavam pelos problemas econômicos e políticos?

As respostas são óbvias. Se os homens do governo fossem realmente perquirir, acabariam frente a frente com a dura e cruel realidade brasileira — realidade esta que o atual governo é o primeiro a temer e a procurar esquecer.

Muitos dos expulsos vinham se distinguindo como excelentes alunos, alguns deles entre os melhores de toda a Faculdade. Foram expulsos por representarem o pensamento de grande maioria de estudantes em todo o Brasil. Por isso mesmo, podemos afirmar que a violência praticada contra eles, na realidade, atingiu ao próprio movimento universitário. Pretendeu-se calar a voz dos estudantes, impedindo-os de pensar e participar da vida nacional.

O fato de terem violentado apenas 19 alunos não significa generosidade do governo. Significa mais: quis o governo amedrontar todos os demais. Por isso mesmo, a violência não foi feita apenas contra os expulsos. Foi ampliada em violência maior e mais funda. O governo tentou marginalizar a Universidade. E, com isso, tornou-se, ele próprio, um marginal.

Detalhe esclarecedor que precisa ser divulgado: os alunos expulsos da vida universitária foram os mesmos que, através de árdua campanha, conseguiram, em 63 e 64, duplicar as vagas na Faculdade de Filosofia.

Os íntimos do sr. Castelo Branco afirmam que o marechal está preocupado com o julgamento da História. Pois aí tem o marechal um elemento importante para uma previsão: a História pesará devidamente essa estupidez e dará a tudo isso um nome e um opróbrio exatos.

(11-7-1964)

Salomé e a dança

Mal-amadas de ambos os sexos, e até de dois sexos, andam me caceteando com cartas e telefonemas. Além dos palavrões de praxe e circunstância, há também as ameaças, que vão da curra parcial ao total homicídio. Não tenho culpa das antigas e atuais desgraças do sr. Carlos Lacerda. Muito menos das futuras. Não sou ave de mau agouro, nada tenho contra os corvos, mas, honestamente, não me sinto à vontade na pele ou nas asas de um.

Dias após a quartelada de 1º de abril, escrevi essas palavras, a cuja transcrição os eventos de agora dão nova atualidade: "Já é hora de unir. Toda a população civil — e o que ela representa — está ameaçada de ser a prima pobre de um país que ficará mais pobre com os militares no poder. Causa pasmo o fato de os lacerdistas — em todos os seus escalões — não terem percebido que a quartelada do 1º de abril conseguiu o que nem Gregório Fortunato conseguiu: amordaçar de vez o líder bem-amado. Talvez o sr. Carlos Lacerda, lá de longe, já tenha desconfiado disso, do golpe branco que sofreu sem perceber, até ajudando."

Mas o sr. Lacerda embruteceu-se com a quartelada. Não percebeu nada. Só depois que viu a prorrogação aprovada,* só depois

* No dia 2 de abril de 1964, Lacerda ocupou a televisão durante horas. Era o dono da situação. Mais uma vez, derrubara um governo e, dessa vez, o poder lhe seria servido na bandeja. Dias depois, as coisas começaram a ficar pretas para Lacerda. Os militares

que viu a maioria absoluta aprovada foi que procurou despertar de seu torpor pastoral para espernear.

Não adianta, agora, chamar o Congresso de "curral". O sr. Lacerda é parte deste curral, do imenso curral que se dobrou às exigências militares. Mais: herdeiro de uma tradição exclusiva da UDN, o sr. Carlos Lacerda sempre bajulou a caserna na esperança de que, um dia, a caserna lhe desse, na bandeja, o poder. Acredito que, em 1º de abril, o sr. Lacerda tenha sentido que sua hora chegara. Bajulara, rastejara, corrompera o poder militar, e, quando os militares resolveram ficar assanhados, era natural que o grande aliciador do golpe recebesse seu prêmio e sua paga.

Não contou, o sr. Lacerda, com o óbvio. Uma vez chegados ao poder, sem um tiro, sem derramamento de sangue, por que haveriam os nossos heroicos generais de colocar a República numa bandeja e estendê-la à Salomé da Guanabara? Não adiantaria ao sr. Lacerda despir seus véus e rebolar seu ventre. A dança havia acabado e os militares, que entraram na dança, dela gostaram e nela preferem continuar, dispensando os requebros civis e jurídicos do sr. Lacerda.

A verdade é simples e cabe nesta simples sentença: os militares comeram o mel e se lambuzaram. Vai levar tempo — e talvez seja preciso até apelar para a violência — para que a gulodice e a má-educação sejam freadas primeiramente, e corrigidas finalmente.

que subiram ao estrelato na vida nacional, embora lacerdistas convictos, como o próprio presidente Castelo Branco, começaram a evitá-lo e, até, a hostilizá-lo. Lacerda foi engolindo seus sapos, um a um, na esperança de ter a desforra em 1965, quando seria eleito presidente num pleito em que praticamente já se sagrara vencedor. Mas o presidente Castelo Branco prorrogou o próprio mandato presidencial, descumprindo uma de suas promessas e violando a própria regra que o golpe criara. Lacerda percebeu que tão cedo não haveria eleição direta para a presidência da República. Partiu então para a ideia da Frente Ampla, o que motivaria, mais tarde, a sua cassação.

Ignoro se o sr. Lacerda leu uma declaração do marechal Denys: "Eleição tumultua a vida de um país." A frase é lapidar e merecerá figurar na lápide dos defuntos que ainda circulam por aí, esperando uma ressurreição que não virá mais.

(21-7-1964)

A rima e a insistência

Os cavacos do ofício e da vida haviam me reservado um transe amargo, e talvez desnecessário: sou réu. Para um sujeito acomodado e triste, submetido aos mil acidentes da carne e do espírito, a condição de réu, embora não infamante, estava absolutamente fora das cogitações.

Mas eis: sou réu. Por obra e graça do ministro da Guerra enfrentei o meritíssimo da 12ª Vara Criminal. Aturei o libelo e outras formalidades da dura lei. E estou preparando o insubmisso espírito e a complacente carne para o que der e vier. Meu crime é simples de ser exposto. Desde a quartelada do 1º de abril que venho cometendo esse crime, em edições compactas de centenas de milhares de exemplares. Meus artigos foram lidos nas prisões, nos navios-presídios, nos quartéis, nos lares e nas escolas. Profissionalmente falando, podia encerrar minha modesta e curta carreira de jornalista.

Além da profissão, no plano estritamente humano, cumpri um dever para comigo mesmo. Não tenho, pois, do que me queixar ou me arrepender. Até aqui, os homens do governo pretendiam punir a corrupção e a subversão existentes até o dia 31 de março. Mas os ministros militares que me processam fizeram-me a elementar justiça: reconheceram que eu não era corrupto nem subversivo. Sou, talvez, o primeiro adversário desse governo que está pagando por um crime presente: o de não concordar com o atual estado de coisas. É quase uma glória.

Entreguei minha causa a um advogado dos mais ilustres: Nelson Hungria. Tratadista, ex-ministro do Supremo, professor de gerações, penalista de fama internacional, considero-me em boas e honradas mãos. Desde já, independentemente de qualquer resultado de ordem prática, quero ressaltar a honra que me coube: ser defendido por homem tão ilustre e probo. A ele e a seus auxiliares, o meu agradecimento.

As artimanhas de um processo são estranhas e inesperadas. De uma hora para outra, tive de arranjar testemunhas. O promotor trouxe um esquadrão contra o insignificante escriba: os três ministros militares e o secretário de Segurança da Guanabara. Para contrabalançar esse esquadrão, potente apenas em sua força temporal, arranjei outro: Austregésilo de Athayde, Fernando Azevedo, Carlos Drummond de Andrade e Alceu de Amoroso Lima. Daqui a alguns anos, ninguém saberá quem foi o sr. Arthur da Costa e Silva ou o sr. Gustavo Borges. Mas daqui a cem anos o Brasil, os nossos netos e bisnetos aprenderão e respeitarão os nomes que deporão a meu favor. Já é uma vitória, além da glória — para rimar e insistir.

Por sugestão de amigos, convidei o presidente da Associação Brasileira de Imprensa para testemunha. Mas o atual presidente, embora tenha aceitado em princípio a escolha, mais tarde meditou melhor e resolveu desistir. Compreendo a atitude do sr. Celso Kelly. Não o procurei na qualidade de Celso Kelly, mas na de presidente da ABI. E o presidente da ABI, alegando relações cordiais entre a sua nobre pessoa e a nobre pessoa do ministro da Guerra, achou que um testemunho, em favor do jornalista, poderia estremecer a cordialidade que mantém com o militar.

Não só compreendi a atitude do sr. Celso Kelly, como alegremente me regozijei com ela. É, na realidade, motivo de justo júbilo o fato de termos, nós jornalistas, um presidente que goze das boas e inefáveis graças do honrado ministro da Guerra. Iremos para a cadeia, muitos já estão na cadeia, mas isso é também motivo de júbilo e honra para todos nós. Nosso presidente é cordialmente recebido pelo ministro da Guerra e aceita seus cordiais convites para jantar ou para receber medalhas do mérito militar.

Outra glória, para insistirmos na palavra glória e sermos coerentes com a história — o que é outra rima.

(*25-8-1964*)

Sansão e o climatério

Outro dia, andou pela redação uma fotografia do sr. Carlos Lacerda. O ângulo era ousado: o nosso governador aparecia calvo, um crânio amarelado e opaco, onde os ralos cabelos anunciavam decadência e fim. Não sei por quê, associaram os cabelos à virilidade, à força física. Há o caso de Sansão e há o caso dos gorilas — os próprios, que são tanto mais poderosos quanto mais cabeludos.

A calvície do sr. Lacerda, por mais que se esprema o engenho e a arte, não dará uma crônica. Mas há que atentar para a decadência do homem, cuja extensão pode ser medida pela extensão da calvície. De abril para cá, o sr. Lacerda iniciou a irreversível entrada pelo cano. Depois de, durante anos e anos, empulhar a classe média, acenando-lhe com os privilégios e os preconceitos de um senhor Bergeret de Cascadura, o governador da Guanabara perdeu as estribeiras e a lucidez — aquela lucidez demoníaca que alguns loucos possuem e cultivam para agravar a própria loucura.

A situação do país, após abril, tascou muitas fantasias. Destruiu e desmascarou um político despreparado como o sr. João Goulart. Mas tascou, também, por outros motivos, um político matreiro como o sr. Lacerda. O sr. Goulart não teve dúvidas em reconhecer a sua desventura. Mas o sr. Lacerda só aos poucos vai tomando conhecimento de sua própria desgraça. Logo após a quartelada, saiu por aí de camisa listrada dando palpites sobre a teoria do *quanta*, o joelho de Garrincha, a remessa de lucros, a autodeterminação dos povos e o despontar dos mercados afro-asiáticos. Parecia um presidente da República, após uma eleição compacta e indestrutível. Depois de tapear-se a si mesmo como dono da revolução e de tapear os outros através de um longo programa de televisão, foi o sr. Carlos Lacerda ao Ministério da Guerra para, talvez, receber dos generais vitoriosos, na bandeja, a pátria estremecida e acéfala.

Recebeu foi um murro na mesa. Murro na mesa que equivaleria a um murro na cara. Os segundos do sr. Lacerda atiraram a toalha no ringue e levaram o líder para o *corner* e para a Europa. O sr. Lacerda tornou-se então mascate internacional. Foi explicar uma coisa tão explicável como a quartelada de abril. Pelo que nos consta, o único que aceitou a explicação, com uma tolerância mais do que suspeita, foi o sr. Salazar. Os outros não quiseram saber nem das explicações nem do sr. Carlos Lacerda. A quartelada de abril era mais uma das muitas quarteladas latino-americanas. Qualquer açougueiro no *Quartier Latin*, qualquer garção da *Via Veneto* sabe perfeitamente que a América Latina sofre desta crônica e abominável moléstia: os pronunciamentos militares.

Voltando à pátria, pensou o sr. Lacerda em buscar o tempo e os cabelos perdidos. Mudou de lado e ameaçou desencadear uma campanha civilista, a fim de depor o marechal Castelo Branco e promover mais uma crise que desta vez o beneficiasse mais direta e exclusivamente. Atacou o marechal e outros marechais, atacou o sr. Roberto Campos, atacou niteroienses e olarienses — mas seus ataques já não eram mais: ninguém se incomodou com eles.

Vivendo o seu climatério e a sua calvície, o governador da Guanabara muito em breve será uma ruína imponente — embora com dinheiro bastante para tratar suas úlceras e suas rosas. Mas bem longe daqui.

(*1-9-1964*)

Na cova do leão

Hoje, às dez horas, cumprindo intimação do juiz da 12ª Vara Criminal, irei ao gabinete do senhor ministro da Guerra para presenciar, de corpo e protesto presentes, o depoimento daquela autoridade contra a minha pessoa, no processo que me é movido como incurso na Lei de Segurança do Estado. Irei acompanhado de meus advogados — Nelson Hungria, Virgílio Donnici, Clemente Hungria e Jorge Wanderley — e, na certa, o senhor ministro da Guerra estará acompanhado de seus assessores ou conselheiros.

Espero que tudo corra bem, dentro das normas civilizadas que fizeram nascer a Justiça, o Direito e os ritos processuais. Nos primeiros dias desta quartelada, quando nem de longe imaginava que um dia seria réu, escrevi uma crônica intitulada "*Res sacra reus*". Lembrei às autoridades que o réu é uma coisa sagrada — isso no instante em que as acusações valiam como provas; as ofensas, como denúncias, e a força, como direito final. Hoje, em causa própria, exijo o tratamento digno que a minha pessoa — como réu e como homem — merece. Não poderei, devido à condição de acusado, interferir ou revidar qualquer ofensa ou desacato. Espero que o meritíssimo juiz faça valer sua autoridade no caso de qualquer engrossamento. E meus advogados lá estarão para lembrar o tratamento que o acusado merece e exige.

De minha parte, reservo-me ao prazer e ao dever de responder a qualquer violência moral que me seja cometida. Tenho família, mulher, duas filhas, amigos, uma obra literária em meio de seu curso — e isso que constitui o meu patrimônio pessoal e moral não poderá ficar ao arbítrio de um fígado qualquer, ainda que esse fígado seja ministerial e bélico.

Entendo que o ministro da Guerra faça cerrada carga contra mim. Somos adversários, combati-o com firmeza, a ele e àquilo que passou a representar. Mas não tolerarei que esta cerrada carga transcenda do plano exclusivamente político e público. Sou processado por artigos que aqui escrevi, em tiragens compactas de milhares de exemplares. Nada contra a minha vida pessoal ou profissional foi provado, apesar do muito que investigaram e fuçaram por aí. Aceito, compreendo e respeito os pontos de vista do general Costa e Silva. Mais: acredito que, dentro das atuais condições, o general Costa e Silva vem se portando exemplarmente no que me diz respeito. Até hoje não consentiu que alguns oficiais mais exaltados atentassem contra a minha integridade. E, na hora de fazer aquilo que ele chama de "punir", procurou o meio legal — embora não o adequado. Apontou-me ao Judiciário, o que é certo, mas de forma errada: através da Lei de Segurança do Estado, quando, na realidade, deveria fazê-lo através da Lei de Imprensa.

Mas essas questões pertencem aos meus advogados. Quero deixar bem clara a humildade com que me submeto à Justiça. Mas essa humildade não será sinônimo de humilhação. Os tribunais passam, as leis se transformam, os ministros são depostos ou demitidos — mas há uma coisa que fica, que terá de ficar, queira ou não queira o senhor ministro da Guerra: a dignidade do ser humano.

No instante em que sou levado aos tribunais, em condições adversas, visitando o leão em sua cova, exijo respeito do adversário. Respeito que, de resto, nunca deixei de prestar ao antagonista, combatendo-lhe as ideias, a sintaxe e os meios de que se utiliza, mas nunca esquecendo de render homenagem à sua honrada vida pessoal.

Irei a seu gabinete de cabeça erguida. E de cabeça erguida de lá sairei. A História dá muitas voltas e — em curto ou longo prazo — o forte de hoje poderá ser o pigmeu de amanhã.

(8-9-1964)

Maomé e a montanha

Poderia iniciar esta crônica dizendo que afrontei o general Costa e Silva na última terça-feira. Seria inverdade. Fui a seu gabinete na qualidade de acusado de um crime contra a segurança do Estado. Para isso, o general usou de todo o peso de seu atual cargo: fez a montanha ir a Maomé, em vez de Maomé ir à montanha. Há tempos, um antecessor do sr. Costa e Silva andou processando jornalistas. Mas fazia questão de ir à montanha, ou seja, submetia-se aos cartórios, às salas de audiência, às instalações quase sórdidas de nossa Justiça.

Mas o sr. Costa e Silva é homem atribulado. Além das naturais funções de seu cargo, está assoberbado com jantares e recepções. Usou, por conseguinte, de um privilégio legal. Juiz, escrivão, escrevente, advogados, todos tiveram de enfrentar o pátio ensolarado do Ministério da Guerra e bater à porta de seu venerável gabinete.

O general é um homem baixo, mais feio do que parece pelas fotografias, mas quando começa a falar adquire uma certa simpatia, um calor humano que o torna respeitável e quase bonito. Cruzou seu gabinete para vir falar com o cronista. Estendeu-me a mão, apresentando-se:

— General Costa e Silva!

Respondi no mesmo tom:

— Jornalista Cony!

O ministro recuou um pouco, fez um gesto com a mão acima da própria cabeça, para exprimir altura. E disse:

— Imaginava-o mais alto!

Gostei do pronome corretamente empregado e deixei que o ministro se servisse de minha insignificante altura. Mas o juiz tomou as providências preliminares e convidou-nos, a inocentes e culpados, à mesa ministerial. O general fez um gesto em direção a seu habitual assento, mas um assessor o advertiu: o lugar de honra seria do juiz. O general sentou-se então ao meu lado. E o meu advogado, ministro Nelson Hungria, do outro. Os demais, menos votados, espalharam-se pelo resto da mesa e do gabinete.

O oficial de justiça fez questão de mandar abrir as portas da ministerial alcova. É praxe salutar e indicativa de que a Justiça não se faz a portas fechadas. O sr. Costa e Silva ajudou o oficial de justiça a abrir os seus batentes, e o enorme ventre do saguão de mármore, frio e vazio, foi testemunha da audiência.

Lido o libelo pelo juiz, o general identificou-se como Arthur da Costa e Silva, brasileiro, ministro da Guerra, residente na rua General Canabarro, se não me engano, 471, ou número parecido. A uma pergunta do magistrado, declarou que não era meu amigo nem meu inimigo. Nada me foi perguntado, mas a recíproca seria verdadeira.

Enfim, a audiência prosseguiu como soem prosseguir as audiências desse tipo. Nada do que o general disse no processo causou-me estranheza. Exceto, talvez, o fato de que meus artigos são transcritos em diversos jornais do país. Vou pedir, mais tarde, quando passar essa onda, que o general-ministro da Guerra me dê o nome e o endereço desses jornais. Vivo disso e tenho de receber a vil pecúnia pelo meu trabalho. É com essa vil pecúnia que pago o leite e o colégio das minhas filhas.

(10-9-1964)

Epístola ao marechal-presidente

Não sou de escrever epístolas, nem fechadas, nem muito menos abertas. Mas não sou fanático: quando há necessidade, mas necessidade mesmo, abro a máquina e mando brasa. Pois aí tem, marechal, esta epístola e esta brasa.

Denuncio-o como participante de uma fraude. O senhor conspirou e tomou o poder em nome de um perigo que lhe parecia iminente: a comunização do país. Com a razoável perspectiva dos meses que nos separam de abril, já podemos sentir e ver que tal perigo não era tão iminente nem sequer era um perigo em si. Havia, isso sim, uma meia dúzia de pilantras que procuravam iludir o povo e amedrontar a classe média com um conteúdo ideológico que nem sequer era socialista: era simplesmente carreirista. O famoso dispositivo do general Assis Brasil, que tanto foi temido, não passava de uma invenção irônica de alguns colunistas políticos. O dispositivo daquele bravo cabo de guerra cabia todo dentro de uma garrafa de uísque. E, para piorar a coisa, ou melhor, para tornar a coisa mais ridícula, muita gente acreditou nesse dispositivo, inclusive o próprio general Assis Brasil.

Como se não bastassem as deduções, temos as evidências. O primeiro encarregado da CGI,* um marechal que embarcou na

* Comissão Geral de Investigações.

canoa revolucionária com os melhores propósitos, já antes de ser vítima de um golpe do destino e do filho, tinha declarado enfaticamente que não havia comunismo, havia era corrupção.

Suponhamos então que o senhor se justifique aos olhos da nação e aos próprios olhos como um salvador da pátria, livrando-a da corrupção. Mas antes que o senhor aceite o título de *Benefactor* do regime e da civilização cristã ocidental, atente ao seguinte: todos os roubos e desmandos do governo e dos homens do passado, somados e multiplicados, são uma gota d'água diante de um só escândalo que por aí se processa, sob a honesta tutela das senhoras da CAMDE,* dos generais e dos impostergáveis deveres do patriotismo de todos os revolucionários de abril. A compra das concessionárias, em cifras e em imoralidade, supera todos os escândalos descobertos ou ainda ocultos dos últimos governos do país. E quem, perante a História, ficará responsável por ele?

Basta que o marechal perceba a acirrada luta de bastidores entre alguns dos blocos mais aguerridos das chamadas "forças da Revolução". Quem está na negociata não são os Rianis, os Pelacanis, os Goularts, os Brizolas, os Juscelinos, os Lupions. Esses homens, feitas as contas, e somadas as contas, são inocentes diante das bandalheiras que por aí se preparam.

O senhor é um homem de boa-fé. Acredita na honestidade e nas boas intenções de muita gente. Mas a realidade não deve ser ocultada. E já que nenhum amigo ou correligionário, já que nenhum puxa-saco lhe abriu os olhos, permita que o adversário o faça. Ainda é tempo. Depois, o dilúvio.

Outra coisa, marechal: o Banco do Brasil está aconselhando aos bancos particulares que não negociem com determinadas firmas comerciais. Até aí, nada de mais. É dever do banco oficial impedir que firmas marotas usem ou abusem do crédito ou do

* Campanha da Mulher pela Democracia.

sistema bancário. Mas acontece, senhor presidente, que o critério adotado para a última lista negra não foi o econômico nem o financeiro. Foi o critério político. Firmas de não simpatizantes com a atual situação estão sendo apontadas aos bancos particulares como perigosas.

Depois do terror cultural, o governo que Vossa Excelência preside prepara-se para inaugurar outro tipo de terror: o econômico.

Marechal, o senhor está descendo uma perigosa ladeira. Dentro em pouco, chegará ao fundo. E ninguém o salvará. Salve-se hoje mesmo. Amanhã será tarde.

(13-9-1964)

As eleições do CACO

É necessário um especial registro para as eleições recentemente realizadas na Faculdade Nacional de Direito para a diretoria do Centro Acadêmico Cândido de Oliveira. Sob condições adversas, com o gorilismo estudantil funcionando desde abril, conseguiram os estudantes mais arejados vencer a turma dos reacionários. O pleito foi realizado em condições duras. E é bem uma mostra do que seriam as eleições se realizadas em âmbito nacional e para preenchimento dos grandes cargos da República.

Desta vez, os derrotados não poderão queixar-se. Se houve pressão, ela foi exercida a favor dos conservadores — e nada mais melancólico do que constatar a existência de estudantes conservadores. A Faculdade foi invadida pelas comissões de inquérito, pelas ameaças de expulsão, pelas delações. Mas na hora da eleição — quem estava por cima perdeu. Repito a hipótese: se houvesse agora uma eleição nacional, o resultado seria análogo. Todo o atual governo receberia o compacto repúdio do povo.

Aliás, cabem algumas considerações sobre a participação dos estudantes na vida pública. Não faz muito, o honrado marechal que nos preside perdeu excelente oportunidade de ficar calado ao declarar que "estudante é para estudar". A frase seria certa se o marechal houvesse dito: "militar é para o quartel". Mas se os militares podem participar da vida nacional, se os militares, de tempos em tempos, podem tomar conta do poder civil — por que os estudantes não podem dar suas opiniões e promover suas lutas?

Se abandonarmos a tese e entrarmos na prática, veremos que os estudantes têm faro e quase sempre acertam, no plano histórico. A nossa independência partiu de estudantes que foram à Europa e aos Estados Unidos e lá se empolgaram com as ideias mais progressistas da época. Dessa viagem de estudantes brasileiros nasceria o nosso movimento libertário mais importante até agora: a Inconfidência Mineira.

Para não irmos tão longe assim na História, o mesmo marechal Castelo Branco, que repreendeu a participação dos estudantes na vida pública, deve em parte aos estudantes ser hoje um herói da FEB. À época do segundo conflito mundial, as cúpulas militares do país recebiam condecorações nazistas e muitos dos generais que comandavam o atual presidente da República não escondiam seus amores pela causa nazista. Se fôssemos unicamente orientados pelos homens daquele governo, pelos ministros militares daquela época, provavelmente teríamos entrado na guerra do lado errado. Hoje, o sr. Castelo Branco não seria nem general, seria um soldado derrotado, e sabe Deus que espécie de pátria seríamos hoje.

Pois foi o povo, foram os estudantes principalmente, que levantaram a lebre. A mocidade estudantil compreendia que aquela guerra era nossa também, e que era necessário ir à luta. Dos estudantes partiram os manifestos, as passeatas, as pressões que obrigaram o governo e as cúpulas militares a repudiarem suas simpatias germanófilas e, mais tarde, a própria neutralidade que já equivalia a um antagonismo à causa aliada.

Esses exemplos bastam. Espero que o marechal-presidente reconsidere sua opinião. E espero, acima de tudo, que o exemplo da Faculdade Nacional de Direito seja o germe de um futuro que se aproxima, que terá de se aproximar, queiram ou não queiram os nossos governantes de hoje. Não vou dar os parabéns aos que venceram a eleição do CACO. A hora não comporta essas frescuras. Vou convidá-los à luta, à permanência na luta. Numa hora assim, a própria luta já tem gosto de vitória.

(*15-9-1964*)

Aos meus leitores

Hoje, em Brasília, o Supremo Tribunal Federal deverá decidir sobre o *habeas corpus* impetrado a meu favor pelo ministro Nelson Hungria. Cabem-me, nesta oportunidade, algumas palavras aos meus leitores. Foi daqui, desta modesta coluna, que praticamente se aglutinou o primeiro protesto público contra as arbitrariedades e violências de um movimento armado que nos envergonhou e ainda nos maltrata. O mérito — se houve algum — não é meu. Foram os leitores que, dando ressonância ao meu protesto individual, engrandeceram uma campanha que se propunha modesta em seus meios e objetivos. Daí as explicações seguintes:

Alguns amigos aconselham-me o asilo diplomático. O embaixador daquele que eu poderia chamar de *um país amigo* ofereceu-se para conceder sua embaixada primeiramente, e, mais tarde, seu generoso e hospitaleiro país. O asilo se justifica. Caso o STF denegue o *habeas corpus*, fico praticamente entregue ao draconiano instituto da Lei de Segurança Nacional, podendo ser preso antes mesmo do julgamento. Além do mais — argumentam os meus amigos —, a minha liberdade pessoal deve ser mantida a todo custo, uma vez que não devo dar a minha cabeça aos adversários. O asilo e mais tarde o exílio resolveriam, ainda por cima, alguns problemas de ordem estritamente particular.

Apesar de tudo isso, agradeço e recuso a generosidade dos amigos. Aceitei o jogo do adversário. Sabia que o ministro da Guerra me processaria, em situação vantajosa para ele, sob plena vigência do artigo 7º — uma arma imoral que o governo impôs à nação para intimidar o aparelho judiciário.*

Faria algum sentido se eu procurasse fugir naquela ocasião. Mas não fugi então, nem fugirei agora. Não darei ao adversário o gostinho de minha fuga. Não violarei a regra do jogo. Aceitei ser processado e, em honra da Justiça e da principal autoridade que me processa — o ministro da Guerra —, devo declarar que o processo tem corrido honestamente, pelo menos até agora. Protestei contra violências e abusos à dignidade humana cometidos pelos homens da quartelada. Mas esses abusos, pelo menos oficialmente, não chegaram até a mim. Tive a minha casa cercada, minhas filhas ameaçadas, eu mesmo ameaçado de morte e sequestro, mas essas imbecilidades partiram de grupos exaltados que nunca receberam a aprovação de seus superiores para esse tipo de violência contra a minha pessoa.

O general Costa e Silva, ao que parece, quis tomar-me para modelo: tem procurado usar do máximo respeito para comigo. Processa-me de acordo com as leis do país, embora essas leis estejam mutiladas pelas ameaças e pelo medo que se apoderou de todos. Seria ótimo se o mesmo respeito fosse estendido a todos os demais adversários da atual situação.

* Artigo 7º do AI-1: "Ficam suspensas, por seis meses, as garantias constitucionais de vitaliciedade e estabilidade." O processo instaurado contra o autor foi o primeiro a chegar ao Supremo Tribunal Federal depois do golpe de abril. E foi, também, a primeira oportunidade de se saber até que ponto os estragos provocados pela violência haviam mutilado o Poder Judiciário. No caso do autor, o STF se manifestou a favor do réu, livrando-o da Lei de Segurança Nacional. Mais tarde, o mesmo tribunal revelou coragem e independência, julgando ações do governo contra Mauro Borges, Seixas Dória, Miguel Arraes, Hélio Fernandes e Ênio Silveira. A atitude do STF, em 1964, alertou os militares que, em 1968, ao editarem o AI-5, expurgaram o tribunal de três de seus ministros: Evandro Lins e Silva, Hermes Lima e Victor Nunes Leal.

De minha parte, continuo recusando o medo. Disse, em minha segunda crônica sobre a quartelada, no dia 3 ou 4 de abril: "Respeito o Ódio, aceito o Amor, mas desprezo o Medo. Não há medo: há um Futuro. E é nele que eu creio." Sem medo, continuo crendo num futuro, ainda que esse futuro seja sombrio como uma cela e duro como um pão que precisa ser molhado de lágrimas. Depois desse futuro haverá outro futuro — e esse é o futuro que me interessa.

Em caso de sentença adversa, os oficiais de justiça da 12ª Vara Criminal saberão onde me encontrar. Minha atitude, porém, não equivale a uma passividade. Pelo contrário, ela é uma forma pessoal de protesto — um outro tipo de protesto — que me cabe, talvez e ainda, realizar. Lembro Mr. Pickwick, no meu entender, o melhor personagem de Dickens. Mr. Pickwick deixou-se prender em sinal de protesto. Não é bem o meu caso, mas a atitude, embora não sendo idêntica, é análoga.

Os meus amigos que me perdoem: mas não sou hábil nem esperto. Não alimento planos ou revanches de ordem pessoal ou política. Sou um escritor que bem ou mal vem procurando realizar a sua obra — e não me sobra nem busco tempo ou gosto para ambicionar a carreira política.

Não fujo, em suma. E isso não é um favor que faço aos meus adversários. É um favor e uma obrigação que faço a mim mesmo.

(23-9-1964)

Compromisso e alienação

Alguns leitores andam surpreendidos ou magoados pelo fato de não ter este maledicente escriba continuado a escrever crônicas sobre a situação política. Atribuem-me barganha, medo ou arrependimento. Sou interpelado na rua, pelo telefone, e, além de interpelado, sou às vezes provocado.

Adiei esta explicação, mas aqui está ela: não sou político nem sequer sou um jornalista político. Escrevi sobre a situação nacional numa hora em que a política era secundária. O que ficou em jogo — e continua em jogo, mas de forma já desmascarada — foi a dignidade da pessoa humana, das instituições civilizadas. Como homem, como escritor, não podia ficar alienado aos descalabros de abril e meses seguintes. Não me violentei. Não fiz política. Fiz o que sempre pretendi fazer: dei o meu testemunho.

A situação, em substância, não se modificou. Mas hoje há cintilantes escribas em todo o país, há políticos profissionais e amadores, há donas de casa e estudantes que já fazem a mesma coisa, e com maior brilho: dão o seu testemunho. Apontam os erros e os enganos da quartelada. Minha voz seria ociosa e, sobretudo, soaria falsa a meus próprios ouvidos.

Creio que posso me dar ao direito de ter cumprido um dever para comigo mesmo. Muitos dos que hoje me interpelam ou censuram, chamando-me de alienado, ficaram escondidos em armários e jogaram no lixo seus livros e seus manifestos. Não os censuro por isso, mas não vejo por que imitá-los em oportunidades futuras que talvez ainda estejam por chegar. Mas a principal motivação que me fez abandonar uma convalescença dolorosa para vir lutar de peito aberto é a mesma que me faz, agora, enveredar para outros assuntos — os meus assuntos.

Não significa deserção nem recuo. Não gosto de política, não ambiciono outro tipo de vida diverso daquela em que vivo e volto a ser o insignificante cronista que sempre fui: a quartelada não me modificou, não me intimidou, não me calou.

Para continuar a ser o mesmo, para manter íntegra a minha autenticidade interior — foi que me vesti na pele suada de um Dom Quixote subdesenvolvido e saí por aí, dando patadas. Não me arrependo das patadas: mantenho-as. Mais: estou disposto a começar tudo outra vez. Apenas a fase das patadas passou: cabe agora aos analistas, aos táticos, aos profundos interpretadores da realidade nacional orientar o povo e salvar a nação. Essas coisas — honestamente — não sei fazer.

Ênio Silveira, em prefácio para o meu livro *O ato e o fato*, como editor e como amigo íntimo e fraterno, definiu-me perfeitamente ao classificar-me de "lobo solitário, de feroz individualismo". Sou assim, fui assim e continuarei assim: não darei ao fato político o direito de me modificar. E muito menos darei esse direito a intelectuais participantes que participaram da intimidade escura dos armários domésticos.

Em crônica antiga (1963), sobre o filme *Vidas secas*, colocado então pela crítica participante como um fator decisivo na libertação das massas, afirmei que não elogiaria o filme por tática ou utilidade. E disse mais: quando chegasse a hora, eu saberia pegar num fuzil e saberia contra que lado atirar.

Continuo assim. Sei pegar num fuzil e sei contra que lado devo atirar. Ninguém me mudou. Acima de qualquer compromisso para com a pátria ou para com o povo, tenho um compromisso para comigo mesmo. E é em nome desse compromisso que continuarei sendo o que sou — independentemente do aplauso, da vaia, da glória ou da miséria.

(1-11-1964)

Urnas e quartéis

No outro dia, pela primeira vez em minha vida, tive inveja. Inveja no duro, verde, de intumescer o fígado e amargar a boca. Passei pelas bancas e vi a manchete: "O povo norte-americano está votando." Não entrei no mérito da eleição em si. Sei, como todo mundo sabe, que o pleito nos Estados Unidos foi amargo em seu conteúdo. A opção foi dolorosa: escolher entre o capitalismo decadente de Johnson e a decadência capitalista de Goldwater. Mas isso é problema deles.

O nosso problema é que nem sequer temos eleições. Na UNE, nos sindicatos, nos municípios, nos estados, na federação — a palavra eleição é subversiva e corrupta: só pensa nela quem recebe dinheiro dos chineses e trama degolar as nossas criancinhas. Os homens bem-formados, os pilares da sociedade cristã, as classes produtoras, o glorioso Exército de tão embatidas tradições — tudo isso sabe que eleição é patifaria, suborno, demagogia e corrupção.

Por isso mesmo invejei os Estados Unidos. Lá não há salvadores da pátria, não há marechais. Um povo sem marechais é coisa séria. Vejamos o caso de De Gaulle: foi ferido em 14, comandou a Resistência; para ele, a expressão "campo de batalha" não é uma figura de retórica. No entanto, o homem é apenas general. Já o nosso inefável presidente é marechal, e a nação e as folhas de pagamento do Ministério da Guerra estão cheias de marechais.

Mas voltemos às eleições. Muita gente me interroga sobre o que devemos fazer. Sugiro uma coisa relativamente simples: a aglutinação de todas as correntes contrárias ao que aí está em torno de uma só luta. A fórmula é simplória, pois resta o importante: e qual será o elemento aglutinador? Sugerem a reforma agrária, a reabilitação da UNE, a crítica ao capital estrangeiro — enfim, diversos e respeitáveis fatores são citados como capazes de aglutinar as diferentes e quase contraditórias correntes de opinião contrárias à quartelada de abril.

Pois sugiro outra coisa: a luta compacta e diária, intransferível e geral em torno desta simples ideia: eleições a qualquer custo.

Não significa, isso, que estejamos tacitamente de acordo com o que aí está. Sabemos que pouco adiantariam eleições com cartas marcadas, com metade da vida pública nacional banida. Mas, encarando com realidade a realidade, não nos sobra outro caminho senão lutar por esse mínimo.

Só a mecânica eleitoral, ainda que cerceada, poderá desfazer alguns dos principais grilhões que nos estrangulam. Não adianta ao marechal-presidente dizer que é cedo para se pensar em eleição. A nação não precisa ser tutelada por um cidadão que passou a vida conspirando ilegal e feloniamente durante toda a sua carreira, para apenas tomar o poder e nele ficar. De Napoleão basta o conhaque, e até o conhaque deve ficar encabulado ao ser comparado com o nosso presidente.

Aí está o que serodiamente — para lembrarmos a palavra que o sr. Carlos Lacerda teve o mau gosto de ressuscitar — desejava dizer aos meus leitores. A palavra de ordem deve ser: Militares aos quartéis, o povo às urnas!

(6-11-1964)

Das eleições, ainda

Disse ontem que os militares deviam recolher-se aos quartéis. Por mais que pareça estúpido, muita gente estranhou essa veemência tão óbvia. Afinal, eu não pedi que os militares se recolhessem aos conventos, aos cemitérios ou a qualquer local indigno.

Quando um rapaz resolve ser militar, sabe perfeitamente o que lhe espera: o quartel. A nação não tem culpa — e muito menos este cronista terá culpa — de que os quartéis, um dia, já não sejam suficientes para abrigar os apetites e as glórias de sua gente.

Se São Francisco de Assis dissesse aos peixes: "peixes, recolhei-vos às águas!" — nenhum peixe se sentiria ofendido. Bom, eu não sou São Francisco de Assis nem os militares são peixes — mas a situação é a mesma. A minha frase de ontem não pode ser considerada uma ofensa e — muito menos — uma exorbitância. Pela Constituição ainda em vigor, pela própria e gloriosa natureza da lide guerreira, o local apropriado para um militar é o quartel ou o campo de batalha. Felizmente não temos nenhum campo de batalha, mas temos bastantes quartéis, talvez até demais.

Outro detalhe da crônica de ontem que provocou algumas iras foi a segunda parte da mesma frase: militares aos quartéis, o povo às urnas! Mandar o povo às urnas — desde que não sejam às urnas funerárias — também não constitui crime nem enormidade. Não estou pedindo que o povo pegue em armas, incendeie os celeiros ou descarrilhe os trens da heroica Central do Brasil ou da não menos mortuária Leopoldina Railway dos velhos tempos. Pedi que o povo lutasse pelo seu direito de ir às urnas, consoante um sagrado e insubstituível princípio: o de que o poder — todo o poder — emana do povo.

Na Antiguidade, o poder emanava de Deus: *omnia potestas a Deo*, segundo ensinou São Paulo. Esses inefáveis tempos, se não mudaram em substância, mudaram em forma: hoje a própria Igreja reconhece que o povo é uma espécie de voz de Deus e aceita a vontade popular como um dos sinais mais autênticos e constantes da providência divina. Os mediadores pessoais entre Deus e as comunidades foram abolidos, já ninguém sobe à montanha para trazer as tabuinhas das leis: elas têm de ser feitas mesmo no debate honesto e público, tal como foram feitas no recente Concílio Ecumênico e nos Congressos de todos os povos livres e civilizados do mundo. Os pajés perderam o emprego.

Pois foi tudo isso que quis dizer na crônica de ontem. E para não perder a oportunidade, repito novamente a frase, certo de que, sem vinculações políticas, sem qualquer interesse pessoal, estou sendo o intérprete de diversas correntes da opinião pública, algumas delas até comprometidas com a própria quartelada de abril: "Militares aos quartéis, o povo às urnas!"

(7-11-1964)

O maior crime

Os rumos da política nacional estão marginalizando, pouco a pouco, alguns milhares de brasileiros que foram perseguidos, cassados, expurgados ou, simplesmente, violentados pelos homens de 1º de abril. Os teóricos, os analistas da situação nacional, tanto os da direita como os da esquerda, procuram preocupar-se com as novas realidades, com as inesperadas fusões e as esperadas confusões que todos prevíramos. Discutem Carlos Lacerda e Roberto Campos como se o diálogo dos dois merecesse respeito ou assistência. Não perco meu tempo com essa subumanidade que compõe a raça de certos políticos e administradores. Por isso mesmo, e porque já expliquei fartamente em minha seção, recusei-me a participar dessa cívica palhaçada.

Mas há uma coisa que não é palhaçada. A dramática situação de milhares de brasileiros, arrancados de seus lares, de seus empregos, de suas rotinas. Brasileiros que estão pagando, a alto preço, a parcela de consciência política que o nosso povo aos poucos foi e vai adquirindo. Homens que trouxeram o debate da reforma agrária, da remessa de lucros, da dignidade do trabalho e da necessidade do justo salário; homens que, eventualmente em posições de mando, procuraram com honestidade vencer e anular a onda dos carreiristas que, sob a mesma bandeira, tentavam aproveitar o vento da História para serem funcionários da Petrobras. Esses homens, hoje banidos, começam a passar necessidades e vexames. Alguns, de nível técnico ou intelectual mais elevado, já conseguiram empregos no exterior. Outros, a maioria, purgam pelas filas de empregos, sujeitando-se a testes, a inquirições, a certidões, ao monstro de papel selado que é a nossa complicada burocracia trabalhista.

E dá-se o caso: o homem faz os testes e tira o melhor lugar. Tem folha corrida limpa, todo um passado honesto e trabalhador. Na hora de ser admitido nas firmas comerciais, surge a pergunta: o senhor foi cassado? Foi expurgado?

A resposta é positiva e negativa é a atitude de muitos patrões. "Lamentamos muito, mas não queremos encrencas com o Exército, com a política, o senhor não pode ser nosso empregado."

Gradativamente, as portas vão-se fechando. Chega o desânimo, o desespero: os filhos deixam de estudar, a mulher, depois de levar ao prego a última joia, constata que as duas refeições diárias são impossíveis. O rapaz, de 17 anos, preparando-se para estudar medicina, resolve tentar emprego e aparece em casa de mala na mão: virou propagandista de laboratório para a irmã poder terminar o curso científico.

Sozinho, o homem olha tudo e não compreende nada.

Pois eu compreendo o drama desse homem. Mas não basta a compreensão. Há que se lutar por esse homem, por todos os homens em igual situação.

Apelo para os donos do poder: os desavisados patrões que assim procedem o fazem por medo de represálias. Que os governantes sejam decentes e digam claramente que esses homens, banidos da vida pública por imperativos políticos, são cidadãos que merecem respeito. Se o governo não diz nada, se o governo, com o seu silêncio, permite que essa situação anticristã, inumana e cruel persista, temos — aí — o maior e o mais repugnante crime dos homens de abril.

(11-12-1964)

A situação vigente

Os alunos do curso de jornalismo da Faculdade de Filosofia da Universidade de Minas Gerais, em duas eleições consecutivas, escolheram o nome deste cronista para uma homenagem especial por ocasião da formatura, a qual se realizaria ontem, à noite. Recebi, às últimas horas de anteontem, uma série de informações e confusos apelos provindos da heroica terra mineira. Uns teimavam em que eu devia ir, que havia gente disposta a matar e a morrer pela causa; outros pediam que eu levasse uma tropa de choque, uma espécie de grupo dos 11 recauchutado. A Rádio Itatiaia pediu-me declarações e os jornais de Minas, talvez por falta de melhor assunto, resolveram preocupar-se com o caso.

Para agravar a confusão, estava de cama, prostrado pela gripe que herdei por aí, e se fosse me guiar pelos apelos e conselhos recebidos, teria partido e não partido uma dezena de vezes. Resolvi pelo mais prático: fiquei em casa e aguardei os acontecimentos.

Os acontecimentos limitaram-se a uma nota oficial da Congregação daquela Faculdade. Resolveram os congregados suspender a cerimônia, a fim de evitar atos terroristas que ameaçavam a paz da família mineira. Não sei precisar, através das notícias contraditórias que recebi e que li nos jornais, até que ponto a minha bastante presença em Belo Horizonte perturbaria a paz da família mineira. Soube que alguns estudantes, justamente aqueles cujos candidatos foram derrotados nas eleições em causa, consideravam--me "incompatível com a situação vigente". Tirante o mau gosto do lugar-comum, a consideração é verdadeira e se constitui numa honra para mim. Sou incompatível, por formação e gosto, com todas as situações vigentes, principalmente com essa que aí está, instalada no país desde 1º de abril. Não chego a compreender é que, apesar de minha declarada incompatibilidade com essa situação, alguns estudantes reacionários resolvam fazer de minha pessoa um pretexto para descarregar seus probleminhas domésticos em atos de terrorismo que chegaram a preocupar as já preocupadíssimas Forças Armadas sediadas em Belo Horizonte. Sou homem sem armas, sem planos, sem capangas. Não sei em que medida poderia afetar a situação vigente.

Nisso tudo, lamento o transtorno que, involuntariamente, à minha revelia, causei aos estudantes do curso de jornalismo. Quiseram eles homenagear aquele que, a partir do dia 2 de abril, quente ainda da pólvora que não houve dessa revolução que não houve, começou a criticar — com a veemência que a hora e a estupidez generalizada exigiam — os desmandos e as crueldades dos homens responsáveis pela aludida situação vigente. Esses estudantes pretendem um dia ser jornalistas. Compreenderam que, em certos momentos, a missão do jornalista pode ganhar importância inesperada. O apóstolo São Paulo, em suas epístolas, foi uma espécie de ancestral do jornalismo moderno, e os resultados aí estão: criou uma civilização. O exemplo é muito alto, mas não deixa de ser verdadeiro.

Deveria dizer aos alunos que me homenagearam um pouco mais do que isso. Mas a própria reação que se instalou em Belo Horizonte diz muito mais. Diz que estamos certos. Diz que o Brasil não pode continuar nessa situação vigente simplesmente porque essa situação vigente é boçal demais para um país que merece um futuro.

Brevemente, tão logo os estudantes e a Congregação da Faculdade resolvam seus problemas, estarei à disposição dos alunos para o encontro prometido. E faço votos para que a família mineira, tão rudemente ameaçada pela minha ameaçada presença, tenha um Natal tranquilo, pensando no exílio do sr. Juscelino Kubitschek, no banimento e na prisão de tantos mineiros ilustres e patriotas que deram a Minas e ao Brasil uma vida de trabalho. Bom apetite para todos.

(16-12-1964)

Ato Institucional II

Recebi e divulgo, com prazer, uma cópia do Ato Institucional II que talvez não seja tão fantástica assim. Há, evidentemente, um cunho de exagero, mas em linhas gerais, e sobretudo nas entrelinhas, o Ato Institucional II, se não é, será mais ou menos assim:

Art. 1º — A partir da publicação deste Ato, os Estados Unidos do Brasil passam a denominar-se Brasil dos Estados Unidos.*

Art. 2º — O Congresso Nacional transforma-se automaticamente em Assembleia Nacional de Vereadores.

§ 1º) Em caráter excepcional, e sempre por indicação do Departamento de Estado, os parlamentares que tiverem prestado serviços excepcionais à causa da Anexação poderão ser equiparados aos deputados e senadores do Congresso Americano e terão assento nas Casas do Congresso como representantes do Estado brasileiro.

Art. 3º — O presidente da República é promovido à função de governador-geral, com vencimentos em dólar.

---

* Editaram mais tarde o AI-2 e outros mais. Também editaram uma nova Constituição, em 1967, que aproveitou a dica deixada no artigo 1º acima transcrito. O Brasil deixou de ser Estados Unidos e ficou sendo República Federativa. Foi assim que o sofá da anedota virou matéria constitucional.

Art. 4º — Fica extinto o Poder Judiciário e todo o sistema judiciário brasileiro, uma vez que a organização político-administrativa e legal do novo Estado passará a obedecer à Corte Suprema dos Estados Unidos e seus respectivos códigos.

Art. 5º — Ficam incorporadas às Forças Armadas Norte-Americanas as altas patentes militares brasileiras em posto equivalente, imediatamente inferior, e perceberão o soldo em dólar.

§ 1º) Os militares que tiverem prestado serviços excepcionais à causa comum dos dois países serão revertidos em postos equivalentes.

§ 2º) Os suboficiais, cabos e soldados constituirão: *a*) o corpo de polícia da unidade federativa para fim de repressão político--social; *b*) o corpo de tropa para os diferentes *fronts* sustentados pelos Estados Unidos na defesa do mundo livre em substituição aos soldados norte-americanos, que não devem ser sacrificados senão em caso de invasão ao território metropolitano dos EUA.

Art. 6º — Ficam supressas todas as eleições municipais, estaduais e federais no Brasil até 1969, quando o Estado brasileiro, em sua totalidade, participará das próximas eleições parlamentares e presidenciais norte-americanas.

Art. 7º — Os novos cidadãos norte-americanos do Brasil terão os seus direitos e obrigações equiparados aos cidadãos norte--americanos em geral.

§ 1º) O direito de ser votado nas eleições gerais dos Estados Unidos fica pendente de uma completa investigação, bem como de atestado de ideologia, ressalvados sempre os casos de serviços excepcionais prestados.

Art. 8º — Todos os governadores de estados brasileiros serão promovidos ao posto de subgovernadores-gerais e, por extensão, poderão candidatar-se livremente em 1989 ao posto de prefeito municipal de qualquer cidade norte-americana de menos de 100 mil habitantes, sempre sujeitos à apresentação de atestado de ideologia.

§ 1º) Excetuam-se os governadores da Guanabara, São Paulo e Minas Gerais que, pelos serviços extraordinários prestados à causa da integração nacional, poderão concorrer às eleições estaduais americanas como candidatos a governador-geral do Estado do Brasil.

Art. 9º — Fica instituído o inglês como língua oficial do Brasil e tolerado o português como idioma complementar e facultativo, cujo ensino será livre em todas as escolas primárias, secundárias e superiores, bem assim nas Forças Armadas.

Art. 10º — O dólar é a moeda oficial do Brasil dos Estados Unidos.

Art. 11º — Fica constituída desde já uma comissão nacional de juristas, sob a presidência do prof. Francisco de Campos, de seis membros nomeados por indicação prévia do sr. Lincoln Gordon, a fim de proceder à formulação jurídica, em todos os seus aspectos, da operação de anexação do Brasil aos Estados Unidos da América do Norte.

Art. 12º — Revogam-se as disposições em contrário.

NOTA: No dia em que saiu publicada esta crônica, enderecei ao jornalista Antônio Callado a seguinte carta:

Ilmo. sr. dr. Antônio Callado
DD. Redator-Chefe do *Correio da Manhã*

Conhecedor de uma situação embaraçosa para o meu chefe e amigo, venho, por meio desta, pedir demissão do cargo de redator que ocupo no *Correio da Manhã*. Esta é a quarta vez que peço demissão do jornal — sou um reincidente incurável. Das vezes anteriores o fiz por motivos pessoais. Desta vez, porém, o faço para facilitar a solução de uma crise em que, honestamente, não me considero envolvido.

A crônica de hoje, no meu entender, em nada poderia provocar ou influir em uma crise interna entre a administração e a redação. Mas a crise houve — e não quero que ela se prolongue à custa de um mal-estar em que, involuntariamente, coloquei um amigo que admiro e respeito.

O fato de, no momento, estar sendo processado por uma autoridade, com julgamento marcado para março/abril, não é motivo para poupar-me, sacrificando um amigo. Sei me defender sozinho — e o venho fazendo até aqui.

Fique certo, Callado, de minha estima, e receba o meu abraço

(a) Carlos Heitor Cony

Entregando o meu pedido de demissão à gerência do *Correio da Manhã*, o jornalista Antônio Callado apresentou seu próprio pedido de demissão, deixando também de fazer parte daquele jornal.

Uma palavra ainda

Aqui acaba o livro. Mas a luta ainda não acabou. O povo brasileiro continua sem caminhos, sem líderes, sem soluções. Todos os problemas nacionais estão paralisados, e, com isso, agravados. Os homens do atual governo, encapuchados num moralismo administrativo mais do que suspeito, gastam todas as energias da complicada máquina estatal numa indecente e indigna caça aos tostões que teriam sido esbanjados ou roubados por alguns elementos corruptos do governo anterior. Um dia, é certo, outros governos farão o mesmo com os atuais governantes, e veremos que a corrupção não foi um privilégio exclusivo do sr. João Goulart.

E há mais. As prisões continuam cheias, com homens sem culpa formada vivendo em regime subumano. Intelectuais, militares, camponeses, operários, mulheres, sacerdotes — todas as classes atuantes de uma nação ganharam a glória de ter vários de seus representantes nos navios-presídios ou nas enxovias do atual governo. Tal como a mancha de sangue do punhal de Lady Macbeth, nenhuma essência do Oriente lavará esta nódoa infamante.

Não importa, afinal, a situação desta hora. Como o náufrago perdido nas ondas, em meio da noite negra, o que importa é sobreviver até a madrugada, ainda que seja apenas para morrer abençoado pelo calor da aurora. Olhando os horizontes que o cercam, o náufrago não saberá de que lado surgirá a luz. Mas espera. Sabe que a aurora, saída das águas, de repente ameaçará uma cor de dia. Essa espera justifica a sua luta e a sua sobrevivência. Também não sabemos, ainda, de que lado, de que horizonte surgirão os primeiros clarões que expulsarão as trevas em que estamos mergulhados.

Não queria terminar este livro sem uma palavra de esperança. Que cada qual mantenha-se à tona, lutando para evitar o naufrágio total e irrecuperável. E quando o vento se tornar mais frio, não é hora de desesperar: é que esse vento anuncia que, de algum canto, com já algum calor, a aurora surgirá para todos, com suas redenções e claridades. Com o seu futuro — que é o futuro de todo um povo.

Apêndice

Um profeta

Otto Maria Carpeaux

Le Monde, o grande jornal parisiense, não precisa ser elogiado. É um órgão do mais alto nível intelectual. Não tem compromissos com nenhum partido, nem de governo nem de oposição, e com nenhuma ideologia. Jornal pobre de recursos materiais e de altiva independência.

Os artigos e reportagens publicados durante a semana saem depois numa edição hebdomadária que é lida no mundo inteiro. Transportada por avião, para Istambul e para Nova York, para Délhi e para o Rio de Janeiro, para a Cidade do Cabo e para Estocolmo, costuma no entanto chegar com algum atraso, devido à insuficiência dos serviços postais. Desse modo, só ontem nos chegou às mãos o número de 25 de março, do qual consta uma reportagem de Washington, intitulada: "Depois da mensagem presidencial ao Congresso — Nova diminuição de ajuda americana ao estrangeiro."

Diz o correspondente de *Le Monde* que a ajuda ao estrangeiro proposta pelo presidente Lyndon Johnson é sensivelmente inferior à do ano passado. A prioridade de ajuda caberá à Ásia: quase totalmente, ajuda militar. A ajuda à África será apenas simbólica. A América Latina deverá receber 570 milhões, sendo que nem todos os governos latino-americanos são considerados dignos de ajuda. Pretenderia o governo norte-americano abandonar a tese do presidente Kennedy de que "a presença dos Estados Unidos não deverá ficar totalmente ligada aos interesses da indústria americana". O novo subsecretário de Estado, sr. Thomas Mann, insistiria no respeito integral aos investimentos norte-americanos particulares na América Latina, sob pena de supressão da ajuda. E dessa nova doutrina *dura* já se começaria a tirar consequências na prática.

Um porta-voz do Departamento de Estado afirmou que "a política americana com respeito aos governos inconstitucionais continuará determinada, como no passado, pelo interesse nacional e pelas circunstâncias próprias de cada uma das situações". Essa declaração pretendeu ser um desmentido às afirmações de um jornal de Nova York sobre o discurso do sr. Thomas Mann na conferência dos embaixadores dos Estados Unidos na América Latina. Mas logo se verá que não é desmentido e, sim, confirmação.

Pois o sr. Thomas Mann teria declarado, naquela conferência, que "o governo de Washington desiste da sua política de oposição sistemática aos golpes militares". Como se vê, aquele porta-voz do Departamento de Estado quis desmentir, mas não conseguiu: confirmou inabilmente as declarações atribuídas ao sr. Thomas Mann.

E agora essa reportagem de 25 de março chegou ao Rio de Janeiro. O sr. Thomas Mann não é, como se sabe, idêntico ao grande escritor Thomas Mann. Não é um intelectual. Mas é um grande profeta.

(5-4-1964)

Os velhos marechais

Márcio Moreira Alves

O marechal Odílio Denys deu uma entrevista política. O venerável marechal Odílio Denys conserva certa influência entre os oficiais mais antigos das Forças Armadas, que são os atuais detentores do poder. Esta a razão por que as opiniões do marechal merecem um comentário mais atento. Vamos examiná-las por partes, deixando de lado os trechos memorialísticos ou de importância secundária no pronunciamento.

"As eleições em 1965 tumultuariam a vida brasileira." Com esta afirmação pública desvenda-se o que vem sendo, nos bastidores e a cochichos, planejado desde 1º de abril — o adiamento da disputa presidencial. Desmascaram-se também os proclamados propósitos democráticos do movimento. Que democracia inventaremos para substituir a consulta ao povo, através das urnas? Seremos mais licitamente governados pela contagem de canhões e homens, que tradicionalmente resolve o jogo de pôquer dos golpes militares no Brasil? "Eleições indiretas produziriam a solução mais aconselhável" — diz o marechal, para acrescentar: "não se pretende açambarcar, de uma vez por todas, o poder civil". Pretende-se — deduz-se — açambarcar um pouquinho. Mas o gosto do açambarcamento é ameno, temo muito que seus provadores não abram mão do petisco, o poder civil, voluntariamente. E que eleições indiretas? Pelo Congresso, que está com suas atribuições reduzidas ao esqueleto e seus homens em permanente terror de terem cassados seus mandatos? Que liberdade teria este Congresso? A liberdade de escolher um militar. A revolução, apropriadamente chamada *restauradora*, no sentido histórico de restauração de Luís XVIII, teria somente o trabalho de escolher um de seus dirigentes fardados e instalá-lo no Planalto. Para isto, seria dispensável a formalidade da sessão conjunta do Congresso. Na entrevista há referência a um "retorno à normalidade democrática, ao processo de reintegração do regime, que se processaria sem maiores entraves...". Infelizmente, não há explicações sobre como este fenômeno ocorreria...

O venerável marechal Denys opina ainda sobre regime de governo e organização partidária. Sobre as cassações, defende sua manutenção sem revisões com o argumento de que, se *eles*, os comunistas, estivessem no poder, a repressão seria pior. Que o crime não justifica o crime é princípio de Direito Penal que talvez tenha sido revogado pelos últimos malabarismos jurídicos. Mas que os fins santos não justificam os meios pecaminosos é um princípio teológico, que deveria ser obedecido por todos que dizem defender Deus e a família.

O marechal Denys também disse: "mexer na terra é grave perigo". A curteza da expressão não permite um melhor conhecimento de suas ideias. Talvez se referisse ao perigo das lombrigas e verminoses. Mas, como no texto a observação vem a propósito do interior, imagino que se aplique à reforma agrária. Logo, o marechal é a favor do imobilismo, até do incultismo, já que o arado e a enxada "mexem na terra". Sendo correta esta interpretação, só restaria mesmo dizer — bem-aventurado o marechal Odílio Denys, porque dele será o Reino dos Céus.

Pendurada a espada, os velhos marechais deveriam recolher-se a particulares limbos de glória, cercados da ternura de suas famílias e do silêncio de seus concidadãos. Pendurada a espada, os velhos marechais deveriam cristalizar-se como estátuas dignas, merecedoras do respeito dos que por elas passam, mas sem perturbar o fluxo de vida que lhes corre nos pés. Ao fim de uma vida árida e dura, o silêncio é o que lhes convém. E à nossa paciência também.

(*7-5-1964*)

Golpe e revolução

Edmundo Moniz

Só se pode definir como revolução um movimento militar por impostura ou ignorância. Isto, evidentemente, é sabido pelos teóricos da Escola Superior de Guerra, a não ser que não correspondam à realidade os seus decantados conhecimentos no campo da sociologia e da história. O termo *revolução* já foi empregado,

muitas vezes, arbitrariamente, para definir os *putsche* nas nações da América Latina. Mas esta maneira de definir apenas demonstra o atraso de certas nações que não tinham o conhecimento exato do que realmente se passava em seu solo. O Brasil, hoje em dia, está prestes a passar para a área dos países desenvolvidos e possui todas as possibilidades para fazê-lo. O nível intelectual do Brasil não mais admite que se confunda revolução com movimento militar.

Uma revolução constitui, precisamente, a transformação da estrutura social de um país, correspondendo aos anseios da maioria da coletividade. Tem um caráter eminentemente nacional e popular. Representa um passo histórico para a frente. Pode admitir-se que uma revolução obedeça a um processo gradual ou a um processo emergente. Pode ser feita de maneira pacífica ou de maneira violenta. Pode ou não necessitar da insurreição. Mas a insurreição pode não ser uma revolução, por falta de conteúdo. Pode cingir-se a um levante popular ou simplesmente a uma quartelada. É preciso examinar seriamente o que se passou no Brasil.

A revolução burguesa, no Brasil, se vinha processando de maneira pacífica e democrática, acelerada nestes últimos anos pela industrialização intensiva que transformou o país no maior parque industrial da América Latina e o conduzia à sua emancipação econômica. Para o complemento orgânico desta revolução impunha-se a reforma agrária e várias outras de natureza secundária. Reformas de base são exclusivamente as que atuam na industrialização do país, ligadas, pela forma do regime, ao capital financeiro, e na transformação da propriedade e da exploração da terra. As outras reformas, chamadas de base, são auxiliares destas reformas fundamentais. São medidas complementares, o que não impede que sejam necessárias e imprescindíveis.

A revolução brasileira em andamento não exigia um golpe de Estado. Ao contrário. Este golpe só podia prejudicá-la. Ela se processava de maneira legal, de acordo com a Constituição e os princípios democráticos. Tinha, de certa forma, o apoio nacional e popular. A tentativa de transformar, no momento, esta revolução tipicamente burguesa em revolução operária, se é que houve esta tentativa no governo deposto, não contava com possibilidades reais. A fraqueza dos partidos e das alas de esquerda aí está para demonstrar que eles não dispunham de elementos para fazer uma revolução, mesmo contando com o apoio do governo, mesmo que levasse avante uma quartelada. A classe operária e as massas do campo não tinham elementos para formar um governo revolucionário. A transformação da revolução burguesa em revolução operária ainda estava longe de poder objetivar-se.

O movimento militar de 1º de abril não veio em socorro da revolução econômica que se processava no país e que tendia a torná-lo independente do capital estrangeiro. Ao contrário, as medidas tomadas pelo governo não têm nada de revolucionárias. Não contribuem para que o país retome o seu ritmo de desenvolvimento, objetive a reforma agrária e as demais reformas complementares, criando as condições indispensáveis para a independência econômica, porque sem ela não passa de uma farsa a independência política.

Já não falamos nos nacionalistas porque esta palavra perdeu inteiramente o seu sentido nestes últimos tempos, tanto para a esquerda como para a direita. Mas achamos que devemos perguntar: que pretendem os *patriotas* do movimento militar vitorioso? Levarão avante ou conterão o desenvolvimento do país? Para levar avante o desenvolvimento não são necessárias as medidas de exceção, o terrorismo policial, a intervenção nos estados, as perseguições em massa, a coação ao Congresso e aos partidos, a cassação de mandatos e de direitos políticos.

Não resta dúvida que todas estas medidas que ferem frontalmente a legalidade democrática não têm outro objetivo senão o de esconder a verdadeira posição e o verdadeiro propósito do movimento militar e do governo atual.

A quartelada que se denomina de revolução só demonstrou até agora o propósito de conter a revolução brasileira. Ela procura distrair a nação com os seus inquéritos que obedecem a um critério caprichoso, paralisando quase tudo e estabelecendo em todos os setores sociais um clima de insegurança e de intranquilidade.

A quem interessa esta política? A quem aproveita? Eis aí o problema que deve ser examinado com todo o rigor que a situação exige. Só assim será posta à prova de fogo a sinceridade do combate aos corruptos e à corrupção.

Há uma expectativa geral. Um estado de suspense. O movimento militar ainda não chegou a ser uma contrarrevolução no sentido exato do termo, mas virá a sê-lo se continuar na rota presente. Ninguém se engana com isto. Daí a impopularidade deste movimento em todos os quadrantes do país.

Está em perigo o pouco de democracia que nos resta. Depois será o reinado da força. Mas em qualquer circunstância e de qualquer forma, por um imperativo histórico, o povo saberá lutar pela reconquista da liberdade perdida.

(29-5-1964)

O lançamento de *O ato e o fato*, em 1964, foi a primeira manifestação civil realmente espontânea após o Golpe Militar.

ASSOCIAÇÃO BRASILEIRA DO LIVRO
Homenagem ao ACADEMICO
PENA

Memórias

Nota do Editor

A revolução dos caranguejos, título publicado em 2004, consiste num emocionante discurso memorialístico, no qual Carlos Heitor Cony rememora fatos e experiências relacionadas ao Golpe Militar, quarenta anos depois, em atendimento a um convite da Companhia das Letras para que Cony, como expoente da época, integrasse a sua bela coletânea Vozes do Golpe.*

Aqui, o leitor tem mais que um relato, que uma reflexão considerada pelo distanciamento temporal... Nestas páginas, há um encontro inevitável, e já experimentado quando da leitura das crônicas do *Correio da Manhã*, com o humanista Cony.

Figura de resistência, Cony foi aquele que percebeu, numa época "sombria" da nossa história, em que muito poucos conseguiram enxergar com clarividência, o regresso que o país cometia e a necessidade do brado imediato.

* Três autores, além de Cony, participaram da coletânea Vozes do Golpe: Luis Fernando Verissimo com *A mancha* (conto), Moacyr Scliar com *Mãe judia, 1964* (conto) e Zuenir Ventura com *Um voluntário da pátria* (memória).

A REVOLUÇÃO DOS CARANGUEJOS

Nos começos de 1964, instalara-se radicalmente (e simploriamente) no cenário nacional a mesma divisão esquemática que cindira a Convenção francesa, quase dois séculos antes. Fora da dicotomia esquerda-direita — que transformava o debate político e cultural numa espécie de partida de futebol em que a maioria torce e alguns poucos jogam —, qualquer outro tipo de assunto era tido como conversa para boi dormir — hipérbole rural, gostosamente bucólica, que caía em desuso, substituída pela divisão mais atualizada entre alienados e engajados — por sinal, outro galicismo que tardiamente se incorporava na linguagem da época.

Aproveitando o recesso parlamentar, e criando uma pressão incontrolável sobre a sessão legislativa de 1964 que se inauguraria dias depois, foi marcado o comício-monstro para 13 de março, na praça da República, diante da Central do Brasil, zona de grande concentração popular, sobretudo na hora do *rush*. E no coração mesmo da Cidade-Estado da Guanabara, que tinha Carlos Lacerda como governador e prefeito *ad hoc*, por acaso ou de propósito, o mais violento e letal adversário de Jango e de seu programa de reformas. Lacerda tentou várias manobras que impedissem o comício na hora de maior movimento do tráfego. Uma delas revelou-se contraproducente: decretou feriado estadual naquele dia, pretendendo evitar que a massa de trabalhadores e funcionários viesse para a cidade.

Ao lado da Central do Brasil situava-se o então Ministério da Guerra — que não era exatamente um terminal ferroviário mas funcionava como uma central mais importante, início e fim de muitas viagens pelos acidentados trilhos institucionais. Prevaleceu o mais forte da ocasião, o governo federal, e as lideranças sindicais conseguiram reunir uma multidão que os situacionistas calcularam em trezentas mil pessoas e os oposicionistas em apenas cinquenta mil, ficando a diferença por conta dos ânimos que soem ser exaltados inclusive quando se trata de simples detalhe numérico.

Em Ipanema, na rua Nascimento Silva, um general quase desconhecido perdeu o sono depois de ouvir pelo rádio os discursos daquele comício. Chefe do Estado-Maior das Forças Armadas, o general Humberto de Alencar Castelo Branco acompanhava os movimentos políticos da época, mas o fazia com a cautela que um de seus amigos, o coronel Vernon A. Walters, adido militar da embaixada dos Estados Unidos, considerava "digna de um membro de estado-maior".

Alguns militares, mais interessados na deposição de João Goulart, achavam que tanta cautela era apenas a clássica posição de ficar em cima do muro para ver no que iam dar as coisas. De qualquer forma, Castelo era um militar inteligente e, para os padrões de sua profissão, culto e cultivado.

Após ouvir os principais discursos do comício, começou a esboçar um texto que seria transformado, em 20 de março, em *Instrução reservada dirigida aos Exmos. Srs. Generais e demais militares do Estado-Maior do Exército e das organizações subordinadas.* Não era, ainda, um apelo ao rompimento definitivo das Forças Armadas com o governo. Mas era um sintoma que tinha, entre outros destaques, o de justificar, na prática, o adjetivo encontradiço em pronunciamentos desse tipo: *indormidos.*

Indormido, Castelo Branco gastou parte de sua noite na redação do documento, que é sucinto, bem-exposto e, como diria o general Mourão Filho em seu diário, "não chovia nem molhava".

No Palácio Laranjeiras, João Goulart chegou esbodegado pelo cansaço e pelas emoções do comício. Vestiu o pijama e declarou à sua mulher: "Estou pregado!" E dormiu.

Como ele, a maioria do povo brasileiro também foi dormir, menos alguns militares e paisanos que havia meses conspiravam para depô-lo.

O fim de março se aproximava. A última semana do mês seria de recesso: a Páscoa cairia no dia 29. A partir do dia 25, quarta-feira santa, o país na certa pararia — e a crise também.

O santificado hiato faria bem a todos. Membros do próprio governo, como Jango e Abelardo Jurema, ministro da Justiça, partiriam para descansar em fazendas de amigos. Diversos dispositivos militares estavam em alerta para desfechar um movimento, alguns contra, outros a favor do governo. Estes, porém, limitavam-se a uma ficção na qual toda a esquerda acreditava.

De Juiz de Fora, em companhia de sua mulher, o general Olympio Mourão Filho, comandante do Quarto Exército, foi visitar igrejas em Ouro Preto. O governador Magalhães Pinto, de Minas Gerais, mais esperto do que o general, costurava a conspiração golpista, afinal todos os dias são santos, dias do Senhor, e ele não iria parar por causa de uma semana santificada ou não.

Lacerda fora informado de uma agitação na Marinha, mas parecia assunto menor, marinheiros que desejavam vestir-se à paisana quando não estivessem em serviço.

Na Barra da Tijuca, uma equipe dirigida por Glauber Rocha tomava as últimas cenas de *Deus e o Diabo na Terra do Sol* — mar virando sertão, sertão virando mar. Brigitte Bardot passeava pelas praias de Búzios.

Com uma crise de apendicite — e aqui começo a falar mais do meu umbigo do que do Golpe Militar —, internei-me no Hospital Evangélico, na Tijuca, sendo operado pelo meu primo Nelson e pelo meu irmão José, na véspera do meu 38º aniversário. Avisara à redação do *Correio da Manhã* que ficaria uns dias de molho.

Os grupinhos de jovens, que começavam a assumir uma outra espécie de poder, ouviam o mais espantoso fenômeno musical da época: os Beatles, uns rapazes de Liverpool que, agrupados num conjunto de rock, cantavam "A Hard Day's Night". Foi a última música que ouvi, no rádio do carro que me levava para o hospital da rua Bom Pastor.

Começava a noite de um dia muito difícil.

~

Duas semanas depois, já em casa, na rua Raul Pompeia, em Copacabana, recebi o telefonema de Carlos Drummond de Andrade, meu vizinho, que morava na rua Conselheiro Lafayette. Trabalhávamos no mesmo jornal, ele escrevendo a crônica do primeiro caderno, sob as iniciais CDA, e eu a do segundo caderno, sob o título genérico de "Da arte de falar mal". Drummond me telefonava sempre para saber de minha recuperação, e naquela tarde de 1º de abril, sabendo-me já restabelecido, convidou-me a sair com ele, para dar uma volta pelo Posto Seis. Segundo ouvira no rádio, tropas militares estariam invadindo o Forte de Copacabana, presumível reduto das forças dispostas a defender até a morte o governo de João Goulart.

Aleguei que seria a primeira saída após a cirurgia, e que estava chuviscando. Drummond disse que levaria um guarda-chuva e que uma caminhada me faria bem. Cinco minutos depois, ele me esperava na portaria do edifício Renoir, com um guarda-chuva típico de mineiro precavido, quase do tamanho de uma barraca de praia. Considerando-me frágil, segurou meu braço e fomos assuntar a história pátria que se fazia em nossos domínios.

Pelo caminho, ele me contou que o Forte já fora tomado pelos rebeldes (tropas contrárias ao governo), que um general chamado Montanha dera um tapa no sentinela que tentara impedir sua entrada na zona militar. Entrevistado por um repórter da TV Rio, cuja sede era bem à frente da entrada principal do Forte, o general declarara que estava quieto em seu canto, mas ao ler o editorial do *Correio da Manhã* daquele dia, intitulado "Fora!", decidira apanhar seu SW 45 e ir à luta contra João Goulart e o bando de comunistas que estava no poder.

Sabendo que eu pertencia à equipe de editorialistas do jornal, Drummond perguntou-me sobre a autoria daquele texto, bem mais contundente do que o da véspera, que tivera como título "Basta!". Mesmo não sendo mineiro como ele, respondi mineiramente. Os dois editoriais tinham sido, como acontece em todos os jornais, uma obra coletiva expressando a opinião do jornal. No primeiro ("Basta!"), Edmundo Moniz me telefonara antes de descer o texto à oficina. Pela violência do editorial, ele queria me dar ciência do mesmo, afinal, eu fora o único editorialista ausente daquela reunião.

Pediu-me que colaborasse com alguma sugestão, eliminando ou acrescentando alguma coisa. Limitei-me a declarar que, estando fora da redação naqueles dias, nada tinha a acrescentar ou a eliminar, mas seguindo a tradição do ofício devo ter trocado um ou outro advérbio de modo, mexendo em duas ou três palavras. Edmundo apreciava meus textos e se eu substituísse um "bonito" por "belo" ele se dava por satisfeito.

Como a situação nacional permanecia crítica, ele me avisara que já estava preparando um outro editorial ("Fora!"), para o dia seguinte. Com a turma de sempre, Oswaldo Peralva, Newton Rodrigues, José Lino Grünewald, Otto Maria Carpeaux, Armando Miceli, Márcio Moreira Alves, Hermano Alves e outros, o texto seria mais contundente. Como no caso anterior, ele leu para mim o novo editorial. Limitei-me a duas ou três pequenas inserções.

Era tudo o que eu, na ocasião, podia informar a Drummond, que me parecia entusiasmado com os dois editoriais. E como o poeta estivera na redação no dia anterior, tive a certeza de que o *Correio* havia expressado a opinião do corpo editorial como um todo, o que, diga-se de passagem, nem sempre acontece no dia a dia da profissão.

Chegamos ao final da praia, no quarteirão entre as ruas Joaquim Nabuco e Francisco Otaviano. Soldados e oficiais, à paisana, enchiam sacos de areia e com eles impediam o acesso àqueles últimos metros da avenida Atlântica. Um oficial gordo, que do uniforme de campanha só tinha a cartucheira em volta da enorme cintura, com a ajuda de alguns soldados igualmente à paisana, arrumava uns paralelepípedos no meio da pista, encostados aos sacos de areia. Havia uma obra na calçada e um monte de pedras ali juntadas para reposição. Os soldados as traziam e o oficial, concentradamente, colocava uma em cima da outra, armando uma espécie de trincheira.

Não havia sinal de batalha ou de violência iminente. Fui até o oficial e perguntei para que era aquilo tudo. Ele me olhou com seriedade, custou a responder, finalmente disse em voz baixa, como se revelasse um segredo de estado-maior:

— Tomamos o Forte. Mas se os tanques do Primeiro Exército vierem retomá-lo, teremos de impedir.

De pergunta em pergunta, ficamos sabendo que a tomada do Forte de Copacabana era praticamente a vitória dos rebeldes contra o governo de João Goulart. Os estrategistas do golpe supunham uma desesperada resistência por parte das tropas sediadas no Rio, que estariam preparadas para enfrentar o exército que o general Amauri Kruel estaria trazendo de São Paulo para, juntamente com o exército do general Mourão Filho, vindo de Juiz de Fora, ocupar o Rio, presumível foco de aliados do governo que estava sendo deposto.

Assim informados, Drummond e eu decidimos voltar para casa, teríamos melhor conhecimento da situação ao lado do rádio e da tevê, que estavam excitadíssimos com a cobertura integral daquele vaivém de soldados, tanques e canhões pelas ruas do Rio, atravancando o tráfego e sendo fotografados à saciedade.

Um tiro explodiu perto de nós e uma pequena nuvem de fumaça elevou-se na esquina da Atlântica com a Joaquim Nabuco.

Antes que houvesse uma correria, um início de pânico, procuramos abrigo na praia, pulando para a areia do Posto Seis, areia já manchada de sangue em 1922, em outra tentativa militar de depor um presidente. Quando se trata de política, o raio costuma cair sempre nos mesmos lugares.

O nível da pista era de aproximadamente um metro acima da praia, ali estaríamos abrigados de uma bala perdida que sobrasse para nossos lados.

Felizmente, fora um tiro isolado. A fumaça logo se desfez e voltamos à pista para ver o que teria acontecido. E estava acontecendo ainda. Um oficial somente com a calça do uniforme da Marinha, com a arma ainda quente do disparo, chutava alguma coisa no chão. Era um rapaz de short esmolambado, busto magro e nu, molhado pelo chuvisco que continuava caindo. Ficamos sabendo que o rapaz, operário de construção numa obra ali perto, havia dado um "Viva Brizola!" (ou um "Viva Jango!"), provocando a ira do oficial. O tiro fora dado para o ar, tiro de intimidação segundo as regras militares, mas os chutes não eram de simples intimidação, eram violentos, nas costelas magras e indefesas do operário.

Quase ao mesmo tempo, um clamor percorreu a avenida Atlântica. O rádio havia noticiado que a tropa sediada no Rio não lutaria contra as tropas que vinham de São Paulo e Minas Gerais. Houvera uma reunião dos chefes militares na Escola Militar das

Agulhas Negras, no meio do caminho, em Resende — não mais seria derramado o sangue de irmãos. Era o fim do governo Goulart, o *fora* que o *Correio da Manhã* havia pedido naquela manhã.

Voltamos para casa. Drummond, com aquela famosa cabeça baixa, como se estivesse pisando um chão de ferro, ferro de Itabira. Reparei que ele estava contraído, o maxilar inferior tenso, fazendo estremecer a carne de seu rosto magro. Não sei em que estaria pensando. Ou melhor: sabia.

Continuamos em silêncio, nada havia a comentar. Ele me deixou em casa, elogiei-lhe o imenso guarda-chuva. Convidei-o a subir para tomar um café, ele agradeceu e recusou.

Na minha ausência de casa, haviam telefonado do jornal perguntando se eu mandaria alguma crônica para o dia seguinte. Eu estava de recesso, desde o dia 13 não escrevia nada. O Aloísio Gentil Branco, secretário da redação, sugeria que eu escrevesse alguma coisa.

Sentei-me no escritório, abri a Remington semiportátil que estivera desativada durante quase três semanas e escrevi "Da salvação da pátria".

~

Até então, eu nunca escrevera especificamente sobre nenhum fato político. Tanto no *Jornal do Brasil* (suplemento literário) como no *Correio da Manhã*, o tema dos meus artigos e crônicas eram comentários ou reflexões sobre cinema, música, literatura, história, comportamento. Cultivava um entranhado desprezo pelo fato político. Como repórter eventual, cobrira a deposição de um presidente na Argentina, em 1962. Pouco antes, na crise provocada pela renúncia de Jânio Quadros, tendo o governo do estado proibido o jornal de circular, fui com amigos distribuir alguns exemplares no largo da Carioca, usando meu carro, um complicadíssimo Henry Jr., como transporte. Fomos presos, permanecemos até altas horas na Delegacia de Ordem Política e Social (Dops) da rua da Relação, que por sinal era bem próxima da nossa redação. Comigo estavam o editor do segundo caderno, Fuad Atala, os copidesques José Louzeiro, Álvaro Mendes e Aziz Ahmed.

É possível que tenha escrito editoriais ou tópicos sobre aquela crise, mas sem assinatura, na tarefa corriqueira do corpo editorial, onde havia naturais revezamentos. E sinceramente acreditava que aquela crônica seria a última, pois não queria dar o braço a torcer, atolando-me numa temática que desprezava.

~

Cheguei à redação no dia seguinte sem ter lido o jornal para saber das novidades. Encontrei na minha mesa um bilhete gentil de Niomar Moniz Sodré Bittencourt, proprietária do *Correio da Manhã*, dando-me as boas-vindas após os dias de convalescença. Nenhuma palavra sobre a crônica. Alguns companheiros, veladamente, mostravam-se preocupados com o meu emprego, uma vez que o jornal, em linhas gerais, havia saudado o golpe com discrição. O único texto que continha uma crítica ao movimento da véspera, uma crítica circunstancial, periférica, tinha sido o meu.

No meio da tarde, recebi o primeiro telefonema. Heloísa Ramos, viúva de Graciliano, nunca me telefonara, nossos encontros eram formais, em reuniões literárias ou em casa de amigos comuns. Ela disse que sentira na minha crônica alguma coisa do velho Graça, que ele certamente gostaria de ter escrito alguma coisa naquele gênero. Tomei aquilo como um elogio. Mas logo um outro telefonema me esfriou. Era do próprio Drummond, que fez um discurso sucinto que me alarmou: "Um abraço." Somente isso: um abraço. Bolas, havíamos nos abraçado na véspera, aquela economia verbal, exagerada até num poeta como ele, me parecia suspeita.

No final da noite, outros colegas se aproximaram, receosos, perguntando se eu havia recebido alguma advertência da direção ou qualquer bronca anônima ou não. Estranhei a preocupação deles e somente em casa, ao ler os jornais daquele dia, percebi que todos haviam saudado o golpe, uns com entusiasmo, outros com moderação. Por 24 horas, acredito, minha crônica ficou sendo o patinho feio da imprensa. Bem mais tarde, já digerido o impacto daqueles tempos, lembrei-me de uma piada do Juquinha, personagem de várias anedotas, uma espécie de Bocage infantil, sempre pensando em mulher e em sacanagem.

Na escola que Juquinha frequentava, a professora obrigava os alunos a se levantarem quando ela chegava, e a dizer em coro: "Bom dia, professora!" Juquinha estava resfriado, não foi à aula e a professora decidiu mudar a regra do jogo: que ninguém se levantasse quando ela chegasse, nem desse o "Bom dia, professora!". Acontece que não avisaram o Juquinha, e quando, no dia seguinte, a professora chegou para a aula, ele se levantou e disse em voz mais ou menos alta o que sempre costumava dizer: "Chegou a puta da professora!"

Foi mais ou menos assim que me senti. O clima da imprensa nacional, naquela ocasião, era marcado e patrulhado por uma esquerda assanhada, gulosa de tomar o poder. Com exceção dos órgãos mais conservadores (*Estado de S. Paulo* e *O Globo*), o restante da mídia defendia com histeria as reformas anunciadas pelo governo, sobretudo a constitucional, a agrária e a cambial, propunha-se uma nova lei da remessa dos juros, a privatização de bancos e empresas estrangeiras. Predominava um sentimento antiamericano, explícito e virulento. Sindicatos no poder, solidariedade com os povos afro-asiáticos, o temário usual de um país que se liberta do sistema capitalista e se agrega ao sistema socialista. Os principais colunistas, os formadores de opinião, professores das principais universidades, intelectuais de todos os calibres, enfim, a *intelligentsia* estava toda à esquerda e eu próprio era amaldiçoado por ser alienado, dedicando-me a temas literários ultrapassados, sem nunca abordar a luta social, recusando-me ao engajamento com as grandes causas da época.

Pois me senti o Juquinha da anedota. Falara sozinho, mal e canhestramente, mas dera o meu recado. O abraço que Drummond me mandara era meio sinistro, parecia um abraço de pêsames. E a preocupação dos colegas de redação aumentava o grau do risco que começava a correr. Como não tinha intenção de continuar naquela linha, dei-me por satisfeito com aquela primeira crônica.

Dias depois, saiu em jornais do Rio uma extensa matéria paga, sob a responsabilidade de um grupo de democratas, pedindo a prisão dos signatários do *Manifesto do Comando dos Trabalhadores Intelectuais*, um documento divulgado em outubro do ano anterior, e que tivera origem no Comitê Cultural do Partido Comunista, explicitada nas primeiras assinaturas do texto. Evidente que o manifesto recebeu adesões fora do partido.

Meu nome figurava no manifesto. Tomava café na rua Senador Dantas com o romancista Campos de Carvalho quando vimos Jorge Amado e Eneida de Morais na calçada. Eles iam a uma reunião no Teatro Serrador, pararam, esperaram que tomássemos o café. Jorge tirou de uma sacola o texto do manifesto e fez com que assinássemos. Fosse uma promissória, eu assinaria, por amor ao Jorge e respeito a Eneida. Na realidade, nem sequer passei os olhos pelo texto, sendo que Campos de Carvalho tampouco se interessou pelo seu conteúdo.

E agora, meses depois, dois jornais pediam a prisão de todos os signatários daquele documento, que segundo o grupo de democratas faziam parte do esquema comunista de assalto ao poder. Por isso, embora não quisesse me meter na seara política, escrevi no dia 7 de abril minha segunda crônica política: "O sangue e a palhaçada".

~

A partir daquele momento, não tive nenhuma dúvida sobre o que me competia fazer. Muitos dos meus amigos estavam presos, asilados nas embaixadas ou caíram na clandestinidade, deixando seus lares, mulheres e filhos na pior. Ninguém até então cismara comigo, embora eu sentisse o jornal ainda reticente no noticiário, permanecendo mais ou menos em cima do muro, para ver no que iam dar as coisas.

No dia 10, foi editado o Ato Institucional que tomaria o número 1. Aliás, não tinha número algum. Ficou sendo o primeiro porque vieram outros, até o famigerado AI-5, que foi a pá de terra definitiva na democracia brasileira, amordaçando a imprensa e a sociedade numa ditadura que se estenderia por 21 anos.

Naquela noite, eu já me preparava para ir embora quando decidi mudar a crônica que escrevera para o dia seguinte. A redação estava quase vazia, mas como editor da primeira e da última páginas do jornal, ficava até as rotativas despejarem os primeiros exemplares ainda quentes da máquina e lambuzados de tinta.

Com acesso à oficina, pedi ao Camilo, que era o diretor gráfico, para mudar a minha crônica do segundo caderno, mandando outra, que ele mesmo compôs e diagramou, chamada "O ato e o fato".

~

No dia 14, escrevi a crônica "A revolução dos caranguejos", que foi republicada em diversos jornais do exterior e provocou uma onda de telefonemas ameaçadores para minha família. Por volta das 22 horas, era iminente uma invasão da minha casa no Posto Seis. Na redação, corriam boatos de que eu já fora assassinado. Foi então que a diretoria do *Correio da Manhã*, tendo à frente o filho de Niomar, Antônio Moniz Sodré, o superintendente Oswaldo Peralva, o redator-chefe Edmundo Moniz e um grupo de redatores, repórteres e fotógrafos, em várias viaturas do jornal, foi à minha casa. Levaram minha mulher e minhas duas filhas para a casa do Sylvan Paezzo, jornalista e escritor (*Diário de um transviado*, *A época dos tristes*), cujo sogro, na ocasião, era um general da reserva e morava relativamente perto, na avenida Copacabana. Mais tarde, ele se casaria com a atriz Natalia Thimberg.

As esquinas das ruas Raul Pompeia com Júlio de Castilhos e Rainha Elisabeth estavam bloqueadas com viaturas militares, que deixaram minha família passar. Em companhia de diretores e colegas do *Correio*, fiquei em casa, esperando a anunciada "expedição punitiva". Pela madrugada, a rua foi desbloqueada e por sugestão do Edmundo Moniz, fui para a redação do jornal, alugando um quarto no hotel Marialva, onde passei uns dias, com colegas que se revezavam dia e noite na portaria. Curiosamente, o hotel ficava na esquina da avenida Gomes Freire com a rua da Relação, e da janela do quarto eu via ao mesmo tempo a portaria do *Correio* e a porta principal do Departamento Federal de Segurança Pública, onde funcionava o Dops, do qual eu me tornaria freguês dali em diante.

Na edição do dia seguinte, no alto de sua primeira página, o *Correio da Manhã* publicou um editorial sob o título "Ameaças e opinião".

~

Iniciei então uma rotina que duraria dias, semanas, meses, até quase o final daquele ano. Pela proximidade do hotel com o jornal, ficava informado das novidades e foi compensador notar que o *Correio* se destacava como único órgão da imprensa brasileira que criticava o novo regime, tomando a defesa dos perseguidos, denunciando torturas e arbitrariedades. Otto Maria Carpeaux,

Márcio Moreira Alves, Hermano Alves, Newton Rodrigues, Oswaldo Peralva e Edmundo Moniz escreviam diariamente contra o golpe que chamávamos de "1º de abril", contrariando o resto da imprensa, que para fugir da data dedicada aos tolos, insistia em acatar os boletins militares que davam a quartelada datada do dia anterior, 31 de março.

Antonio Callado pertencia na época ao corpo editorial do *Jornal do Brasil*. Não podendo escrever contra, mandava uma colaboração para o *Correio*, do qual havia sido redator-chefe durante anos. Eram artigos inteligentes, revisitando a obra do padre Vieira, procurando identidades e analogias do grande pregador do século XVII com a realidade que atravessávamos.

Duraria pouco essa colaboração. Callado percebeu que o seu lugar era mesmo no *Correio*, deixou o *JB* e voltou às origens que o haviam consagrado no jornalismo nacional. Pouco depois de seu retorno, foi envolvido no episódio do meu pedido de demissão e, num gesto que me parece único na história da imprensa brasileira, só concordou em apresentar o meu pedido à diretoria junto com o seu próprio pedido de demissão. E assim deixamos o jornal que continuaria a sua luta contra o regime militar, até o arrendamento para outro grupo empresarial e seu definitivo fechamento.

~

A partir do dia 15 de abril, aproximadamente, superado o impacto das prisões, cassações e perdas de direitos civis, o jornal carioca *Última Hora* também começou a criticar a nova situação, mas de forma tímida, compreensivelmente moderada, uma vez que estava comprometido com o governo deposto, comprometimento que tinha raízes antigas e profundas, vindas de dez anos antes, quando uma CPI da Câmara dos Deputados apurou os financiamentos que seu proprietário, Samuel Wainer, obtivera do Banco do Brasil, provocando a crise que levaria Getúlio Vargas ao suicídio.

Em muitos sentidos, o Golpe Militar de 1964 era um movimento que pretendia ajustar contas com aquilo que seria chamado de "herança de Vargas", uma vez que os grupos reacionários instalados principalmente nas Forças Armadas e em alguns setores do empresariado consideravam os governos de Juscelino Kubitschek e João Goulart um prolongamento do getulismo.

As críticas do vespertino de Samuel Wainer eram naturalmente suspeitas, muitos de seus profissionais estavam presos e os principais redatores apelavam para pseudônimos, disfarçando quanto possível a sua oposição aos detentores do poder.

O mesmo não ocorria com o *Correio da Manhã*, que havia se marcado como o grande opositor do governo de Goulart, bastando citar os dois editoriais ("Basta!" e "Fora!") que haviam abalado até mesmo os militares indiferentes à política.

Gradativamente, a figura exponencial de Alceu Amoroso Lima, pelo prestígio de seu nome, liderando o laicato católico brasileiro, abria um espaço no *JB*, ampliando o número de vozes que não se calavam diante da ditadura implantada. Era impossível rotular o professor Alceu de comunista ou criptocomunista, pelego sindical ou corrupto.

O governo presidido por Castelo Branco tinha ainda resíduos liberais, e por isso mesmo já enfrentava conspirações nos quartéis onde elementos da linha dura exigiam mais rigor nas punições e menos liberdades públicas. Um exemplo: a linha dura exigia a cassação de Juscelino Kubitschek, que oficialmente continuava candidato lançado para a sucessão presidencial de 1965, confiado na promessa pública que o próprio Castelo Branco lhe fizera, a de manter o calendário eleitoral, promessa com a qual o militar conseguiu o apoio do partido majoritário para chegar, por via indireta, à Presidência da República.

Vencida a primeira etapa do golpe, com o afastamento dos elementos ligados ao janguismo e suspeitos de comunismo, Castelo Branco concentrou-se num plano econômico elaborado por Octavio Gouveia Bulhões e Roberto Campos, destinado a conter a inflação e a corrigir alguns desvios seculares da economia nacional. O empresariado paulista não aderiu prontamente ao programa lançado pela dupla Bulhões-Campos, o que obrigou Castelo Branco, por sugestão de seu ministro da Guerra, Arthur da Costa e Silva, a ir a São Paulo, a fim de discutir com as lideranças locais o preço do apoio ao novo governo.

Foi então pedida formalmente a cabeça de JK, que seria cassado logo após o retorno de Castelo a Brasília, devendo-se registrar a atitude de Roberto Campos, que trabalhara com JK e com Jango. Na hora de assinar a cassação do antigo chefe, apresentou seu pedido de demissão: não assinaria aquele documento. Castelo entendeu as razões de Roberto Campos: dispensou-o da assinatura mas o manteve como ministro do Planejamento.

Nem mesmo oferecida a bandeja com a cabeça de JK, a linha dura saciou sua gula pelo poder total. Em torno do ministro da Guerra aglutinavam-se diversas correntes de militares e empresários que exigiam um aperto maior no arsenal totalitário.

~

Um desses apertos sobrou para o meu lado. Em agosto, o ministro da Guerra oficiou ao procurador-geral da República, pedindo que me enquadrasse na Lei de Segurança Nacional por criar animosidade entre civis e militares. Num de seus artigos, a LSN previa prisão perpétua em tempo de guerra e trinta anos de cadeia em tempo de paz.

Como a liturgia jurídica ainda funcionava em casos assim, tive o direito de contratar um advogado, Nelson Hungria, ex-presidente do Supremo Tribunal Federal, que já havia cumprido a quarentena de dois anos, podendo por conseguinte exercer o ofício de advogado. Hungria pediu um *habeas corpus* no STF, descaracterizando a Lei de Segurança Nacional e fazendo o processo correr pela Lei de Imprensa, que previa o mesmo crime (criar animosidade entre civis e militares) mas com pena reduzida a três meses de detenção. O processo foi julgado em 23 de setembro de 1964, e Nelson Hungria ganhou por nove a um, sendo essa a primeira manifestação do Supremo após o Golpe Militar, seguindo-se outros pedidos iguais, como os dos ex-governadores Miguel Arraes, Seixas Dória, Mauro Borges, do editor Ênio Silveira e do jornalista Hélio Fernandes.

Livre da Lei de Segurança Nacional, o processo no qual eu era acusado passou para a esfera da 12ª Vara Criminal, do Rio de Janeiro. Fui intimado a comparecer ao Ministério da Guerra no dia 8 de setembro, quando o general Costa e Silva prestou depoimento ao juiz daquela instância. Foi um encontro cordial, ele se dirigiu a mim, estendeu-me a mão, apresentando-se como "general Costa e Silva" e dizendo que me imaginava mais alto, fazia de mim a imagem de um galalau, de um jogador de basquete.

Outras autoridades também depuseram contra mim, os demais ministros militares (o da Marinha e o da Aeronáutica) e o secretário de Segurança do Estado da Guanabara. Este afirmou que eu era um comunista a serviço de Moscou.

Ainda no rito judicial, meu advogado teve o direito de apresentar testemunhas a meu favor, pessoas que garantiam que eu era inofensivo, nada sabiam que me desabonasse etc. etc. Nelson Hungria aconselhou-me a solicitar o testemunho dos presidentes das instituições de minha classe, a de jornalista. Convidei os presidentes da Associação Brasileira de Imprensa (ABI) e do Sindicato dos Jornalistas Profissionais do Rio de Janeiro a deporem a meu favor. O segundo não me deu resposta e o primeiro me telefonou, dizendo que iria receber por aqueles dias a medalha Maria Quitéria das mãos do ministro da Guerra. Não poderia depor num processo em que ficaria contrário à posição do ministro.

Confesso que, pela primeira vez, desde que me iniciara naquela confusão, fiquei desorientado. Mas não irritado. Irritado ficou meu pai, que frequentava os almoços da Ordem dos Velhos Jornalistas, que se reuniam mensalmente em "plantões" dedicados à nostalgia. Outro frequentador assíduo dos almoços era Austregésilo de Athayde, que apesar de ainda estar na ativa, escrevendo diariamente no *Diário da Noite*, do qual era diretor, gostava de prestigiar os antigos companheiros, então desativados. Sabendo por meu pai da dificuldade de arranjar pessoas que atestassem a meu favor, ele me telefonou, dizendo que iria comigo à vara criminal. Argumentei contra. Athayde era presidente da Academia Brasileira de Letras, eu não era acadêmico. E ele pediu mais: que eu telefonasse para Alceu Amoroso Lima, com quem conversaria antecipadamente. Num livro recente, revelando a correspondência de Alceu com sua filha, há cartas em que ele conta o episódio de sua presença na 12ª Vara Criminal, quando depôs a meu favor.

E como não podia deixar de acontecer, recebi o telefonema de Carlos Drummond de Andrade, este bem mais exaltado, dizendo que ia depor de qualquer maneira, independentemente de ser ou não presidente de qualquer instituição da classe jornalística.

Para sacanear meus depoentes, pessoas ilustres no cenário nacional, já entradas na terceira idade, o juiz da 12ª Vara Criminal marcou a audiência para as sete horas da manhã, obrigando Athayde, Alceu e Drummond a madrugarem na rua Dom Manuel, onde se situa o foro carioca. Segundo me informaram, a prática para esse tipo de audiência começa sempre depois das treze horas.

O processo correu lentamente, fui condenado no ano seguinte à pena de três meses, mas isso pertence a 1965, quando eu já estava preso por outro delito, tendo participado de uma manifestação diante do hotel Glória, quando ali se instalava uma Assembleia Geral da Organização dos Estados Americanos (OEA). Esse é também um fato de 1965, quando a situação nacional tornava-se mais espessa, originando outros atos institucionais que culminariam no AI-5 de 13 de dezembro de 1968, sufocando a nação numa ditadura cruenta.*

~

Voltemos a 1964. Apesar das confusões em que me metera, tive tempo para lançar meu quinto romance, *Antes, o verão*, que aumentou em muito o equívoco provocado pela minha atuação jornalística. O livro narra um drama mais do que alienado, um casal que vai se separar mas antes, em atenção aos dois filhos jovens que entrarão em férias, decide continuar junto aquele verão, e só depois seguir cada qual o seu caminho.

Leitores de minhas crônicas ficaram indignados. Como podia eu desperdiçar tempo e trabalho numa história banal, de angústias pequeno-burguesas, quando tudo parecia pegar fogo na vida nacional?

No final de maio, Ênio Silveira decidiu publicar as crônicas que eu escrevera até então. Ele mesmo escolheu o título do livro, *O ato e o fato*. E me encomendou um conto para a coletânea que publicaria logo depois, *Os dez mandamentos*, reunindo outros nove autores, cada qual com um dos mandamentos. Ênio queria que eu escrevesse sobre o sexto, não pecar contra a castidade, uma vez que no ano anterior, em outra coletânea por ele lançada, *Os*

* Faziam parte do nosso grupo, que foi chamado de "Os 8 do Glória", os jornalistas Antonio Callado e Márcio Moreira Alves, os cineastas Glauber Rocha, Joaquim Pedro de Andrade e Mário Carneiro, o diretor teatral Flávio Rangel, o embaixador Jaime Azevedo Rodrigues. Havia um nono integrante, o poeta Thiago de Mello, que não foi preso na ocasião mas apresentou-se às autoridades logo depois. Eu já havia deixado o *Correio da Manhã* e, sem oportunidade de trabalhar na imprensa, dedicava-me a fazer adaptações de clássicos da literatura universal para os livros de bolso das Edições de Ouro.

sete pecados capitais, eu escrevera um conto sobre a luxúria, intitulado "Grandeza e decadência de um caçador de rolinhas".

Nos intervalos de meu trabalho no jornal, eu já havia iniciado um conto sobre a castidade quando recebi um telefonema do Ênio. Eu deveria ficar com o primeiro mandamento, amar a Deus sobre todas as coisas, que ele pensava destinar a Jorge Amado, que dessa forma seria o primeiro autor do livro, cuja ficha editorial daria autoria a "Jorge Amado e outros". Mas Jorge não revelara nenhuma afinidade com o assunto, levaria a história fatalmente para os orixás baianos, metade por convicção pessoal, metade por gosto literário. Poderia prejudicar a unidade do livro pretendido. Disso resultou que meu nome liderou a lista dos autores daquela coletânea, na qual figuravam, além de Jorge Amado, nomes bem mais consagrados da literatura nacional, como Marques Rebelo, Orígines Lessa, Guilherme Figueiredo e José Condé.

Nem tive tempo de fazer uma revisão decente das crônicas para *O ato e o fato*. Naquele tempo não tinha secretárias, foi o pessoal do arquivo do próprio *Correio* que preparou o livro. Ênio fez um prefácio alentado para abrir o volume, cobrindo a grande lacuna dos meus textos, que era a falta de uma análise de conteúdo do movimento militar.

Como Ênio esperava, o livro provocou a cólera dos militares, que já estavam coléricos. Foi então que o ministro da Guerra me processou, pois eu continuava escrevendo novas crônicas no jornal, mais tarde reunidas num outro livro, *Posto Seis*, que seria lançado no ano seguinte, quando eu já pedira demissão do *Correio da Manhã*.

É nesse segundo livro, por sinal, que estão as crônicas que eu considero as mais oportunas daquele período. Já não estava sozinho, outros colunistas também surgiam de todos os lados, vencendo a barreira empresarial dos jornais em que atuavam, e davam o seu recado de forma menos passional e com mais estilo.

Destaco duas delas, escritas durante e logo após o julgamento do meu processo no Supremo Tribunal Federal. Sobretudo aquela a que dei o título de "Compromisso e alienação", na qual procurei historiar os atos e fatos que me fizeram abandonar por um tempo a minha temática preferencial, envolvendo-me por inteiro na situação criada pelo Golpe Militar daquele ano. Já eram comuns, então, as críticas que recebia pelo fato de não continuar no estilo panfletário. Gostava de escrever sobre outros assuntos — os meus assuntos. Cobravam-me uma permanência integral naquela linha, reclamavam de continuar me preocupando com problemas existenciais, na atitude comum do escritor alienado.

~

Quarenta anos depois, relendo esta última crônica, confesso algum desconforto intelectual. Em essência, ela expressa o que sentia e continuo sentindo até hoje. Contudo, reencontro no texto um sentimento que superei, logo depois de o ter escrito. Começavam as cobranças e o patrulhamento, a ponto de ter sido convidado, por um amigo, para uma aventura guerrilheira, isso em 1964, quando a situação ainda comportava outros tipos de luta contra o regime militar.

Evidente que a guerrilha, naquela ocasião, era mais uma alucinação romântica do que uma solução para nossos problemas. Esse convite seria o ponto de partida para o romance que escreveria nos meses seguintes (*Pessach: a travessia*), que provocaria a cólera da esquerda nacional, sobretudo de intelectuais ligados ao Partido Comunista.

Em que pese a alguns exageros logísticos que usei na trama, o romance permanece atual para mim. Expressa não apenas a minha visão dos fatos políticos daquela época, como exprime da mesma forma o meu sentimento pessoal, que continua o mesmo.

A crônica, ao contrário do romance, que se desenrola totalmente no plano de ficção, revela uma irritação passageira contra a imposição de só escrever sobre a situação da época, de ser obrigado a adotar o "pensamento único" — tentação em que nunca resvalei. Tinha mais o que fazer e fiz. Hoje, eu escreveria a mesma coisa, mas com outras palavras e certamente com mais compaixão de mim e dos outros.

De qualquer forma, sempre que me dava na veneta, voltava a comentar os acontecimentos daquele tempo, e foi assim que, ao se esboçar a possibilidade de um segundo ato institucional, que viria realmente depois, com a sigla AI-2, redigi um roteiro do que seria esse novo instrumento de força do regime militar. Havia um chassi preexistente, em forma de piada, dessas que atualmente aparecem comumente na internet. Circulava em folhas de mimeógrafo, as detestáveis cópias de tinta roxa que representavam o estágio mais avançado da comunicação impressa. Aproveitei o espírito da coisa (o visível tom de farsa) e fiz o meu Ato Institucional II, publicado em fevereiro de 1965, e que motivaria o meu pedido de demissão do *Correio da Manhã*, em carta a Antonio Callado, que estava assumindo as funções de redator-chefe, após sua saída do *JB*.

Já fiz referência a esse episódio, ao lembrar que Callado levou minha carta à diretoria do jornal na condição de demissionário. Também ele deixou o cargo, indo chefiar a redação de uma versão da enciclopédia britânica.

~

Apesar de deixarmos o jornal, Callado e eu continuamos juntos em outros episódios da época, como na manifestação à porta do hotel Glória, em novembro de 1965, quando dividimos a cela, entre outros, com Márcio Moreira Alves, que fora o primeiro a denunciar as torturas do novo regime, ainda em abril de 1964, e mais tarde, como deputado federal, seria o pretexto para a edição do AI-5, em 13 de dezembro de 1968, ocasião em que Callado e eu fomos presos novamente, Callado na Vila Militar, eu com Joel Silveira, no Batalhão de Guardas, em São Cristóvão.

Iríamos juntos para Cuba, como jurados do prêmio da Casa de las Américas de 1968. O compromisso de Callado com a enciclopédia o impediu de viajar. Fui sozinho, encontrando em Havana outro jurado brasileiro, o José Celso Martinez Corrêa.

Mas aqui sinto que estou fugindo do depoimento sobre 1964.

Comecei este depoimento lembrando uma piada, a do Juquinha. E vou terminá-lo lembrando outra: a do japonês que, naquela manhã de Hiroshima, acordou e abriu a torneira de seu banheiro. Morreu sem entender o que estava se passando. Talvez pensando que, ao abrir a torneira para escovar os dentes, um mecanismo infernal provocara a explosão da primeira bomba atômica. Uma borboleta bate as asas na Tailândia e um furacão despedaça uma cidade na Flórida.

É comum esse tipo de testemunho promovendo-se o próprio umbigo a eixo da história de um episódio ou de todo um tempo. Stendhal tornou famosa a cena em que um personagem vê soldados dando tiros, cavalos em disparada, e fica sem saber que estava assistindo à batalha de Waterloo, a queda de Napoleão, o grande ídolo do próprio Stendhal.

E há aquela frase muito repetida do romancista russo: escreve sobre a tua aldeia e descreverás o mundo.

Não consegui descrever o ano de 1964 em seus contornos históricos. Limitei-me a pensar como o assombrado japonês da anedota de Hiroshima: abri uma torneira. E ainda não tive condições objetivas para compreender o que aconteceu comigo e com os outros.

MAS O 1º DE ABRIL T
DE SER UM 1º DE AB
DEFENDEMOS A SUA

Autoria de Augusto Bandeira. Da esquerda para a direita: Austregésilo de Athayde, Carlos Drummond de Andrade, Carlos Heitor Cony, Alceu Amoroso Lima e Arthur da Costa e Silva, na ocasião ministro da Guerra.

~

A charge retrata a ida de Carlos Heitor Cony, quando na condição de acusado, ao Ministério da Guerra para responder a processo por "criar animosidade entre civis e militares" mediante seus textos publicados pela imprensa nacional. E, por indicação de seu advogado, Nelson Hungria, Cony levou testemunhas a seu favor (Athayde, Drummond e Alceu). 8 de setembro de 1964.

CONCEPÇÃO E DIREÇÃO EDITORIAL
Leila Name
Daniele Cajueiro
Adriana Torres
Maria Cristina Antonio Jeronimo

PRODUÇÃO EDITORIAL
Ana Carla Sousa
Pedro Staite
Victor Almeida
Leandro Liporage
Allex Machado

REVISÃO
Eduardo Carneiro
Isabel Newlands
Thiago Braz

DIAGRAMAÇÃO
DTPhoenix Editorial

Este livro foi impresso em 2014, para a Editora Nova Fronteira.
O papel do miolo é chambril avena $80g/m^2$, e o da capa é cartão $250g/m^2$.